1945·
我的逃亡手记

［日］久保英子 ／著
阎先会　李玉双 ／译

山东人民出版社
国家一级出版社　全国百佳图书出版单位

图书在版编目（CIP）数据

1945·我的逃亡手记／（日）久保英子著；阎先会，李玉双译. —— 济南：山东人民出版社，2017.1
ISBN 978-7-209-10151-6

Ⅰ．①1… Ⅱ．①久… ②阎… ③李… Ⅲ．①传记文学－日本－现代 Ⅳ．①I313.55

中国版本图书馆CIP数据核字(2016)第272903号

1945·我的逃亡手记

[日] 久保英子　著

阎先会　李玉双　译

主管部门　山东出版传媒股份有限公司
出版发行　山东人民出版社
社　　址　济南市胜利大街39号
邮　　编　250001
电　　话　总编室（0531）82098914
　　　　　市场部（0531）82098027
网　　址　http://www.sd-book.com.cn
印　　装　山东省东营市新华印刷厂
经　　销　新华书店

规　　格　32开（148mm×210mm）
印　　张　5.25
字　　数　78千字
版　　次　2017年1月第1版
印　　次　2017年1月第1次
印　　数　1—5000
ISBN　978-7-209-10151-6
定　　价　29.00元
　　　　　如有印装质量问题，请与出版社总编室联系调换。

序　言

每一个人的苦难都是全人类的苦难

旅居日本之后，我才开始关注那个闹剧一般的伪"满洲国"和日本"开拓团"的史实。

从一九三一年的"九一八事变"开始，到一九四五年太平洋战争结束，日本军国主义政府作为一种国策，向当时的"满洲"、内蒙古、华北地区进行有计划的人口"入植"，十四年间，大约有三十二万日本人移民到这里。他们中的大多数都是日本社会最底层的贫苦农民，听信了政府所谓"王道乐土""五族协和"的虚假宣传，怀着梦想去异国开辟新生活。一九三六年，广田内阁通过了一个叫作"满洲开拓移民推进计划"的决议，他们预定在一九三六年到一九五六年的二十年间，向中国东三省移民五百万，并配套建设可容纳一百万户的居民住宅区。可是，人算不如天算。

一九四五年八月九日，苏联红军向"满洲"发动突然袭击。苏军集结了八十个步兵师，两个坦克师，两个摩托化师，四十个机械化旅和坦克旅，共计一百五十七万七千兵力，加上两万六千一百三十七门火炮，五千五百五十六辆坦克和三千四百四十六架飞机，风卷残云一

1

般击溃了新组建的六十万关东军，全面占领东三省。八月十六日，关东军司令部遵照天皇口谕，下达无条件投降指令，放弃一切抵抗，交出全部武器。

失去了保护，惊慌失措的数十万日本侨民，一夜之间家财丧尽。为了躲避苏联红军的攻击、土匪的抢劫、原住民的报复，他们开始了漫长的逃亡生涯。这本书的主人公久保英子就是这悲惨的逃亡难民中的一员，像一滴水裹挟在滚滚洪流里一样，一个个体的人的命运，总是无奈地被历史的大潮所左右。

出生于日本北海道的久保英子，十五岁时随家人迁居"满洲国"，二十岁遭遇日本战败投降。一家人，转眼间四分五裂、生离死别。她几经磨难，终于活下来，与一个中国农民结婚生子，在贫瘠的东北乡下一住就是四十几年。这本书，是非虚构的自传体文学作品，从中日建交后不久开始动笔写，彼时还是"文革"时期，每写一章节就要交到当地公安局审查，通过政审后邮寄给日本的友人，直到一九八四年三月，该书才在日本出版发行，轰动一时，很多人为之落泪。十几万已经返回日本的"满蒙开拓团"民，都对这本书产生共鸣，因为许多家庭在那样一场风声鹤唳的大逃亡中，有人失踪了，有人病死了，有人饿死了，有人被杀了，有人自杀了，有人叫苏军抓到西伯利亚去了……

逃难途中丢失在中国的孩子后来被称为"残留孤儿"，嫁给当地人的妇女被称为"残留妇人"。二十世纪八十年代初期，接受日本厚生省的援助，从中国返回日本的残留孤儿有两千四百七十六人，残留妇人有三千七百七十五人，加上他们的家属，大约一万九千多人回到了日本。此后十几年，通过民间团体自费来日本寻亲的人数多达数万人。如今，这些从中国回来的"归国者"和他们的后代（已经是第三代和第四代了），人数已经超过二十万。因为语言、生活习惯和教育背景等原因，使得他们很难融入日本社会，时隔半个多世纪也不能被日本国民接受。这一族群，对中国怀着特殊的情感，说中国话，吃中国饭，交中国朋友，过中国的春节，成了有着特殊身份的"华侨"群体。

翻译这本书的缘起是这样的，在研究这一特殊群体的过程中，我结识了家住大阪的苏宏光先生。这位因为与"归国者"第三代结婚而来日本的黑龙江汉子，为人仗义，办事精明，虽然日语说得不那么科班儿，却是一个地道的日本通了。我认识他的时候，他正在操办一家中日合资的贸易公司，而且经营得风生水起。

某一天，苏先生送给我一本书，说：

"这是我媳妇她奶奶写的，一本回忆录。"

电视剧《小姨多鹤》的播放，曾经在日本掀起一波感动潮。苏先生说："这本书要是拍成电视剧，比《小姨多鹤》还要感人十倍。"

今年八月，我在苏先生的引介下，去拜访了这位恰好九十高龄的久保英子奶奶。坐在我面前的老人，一头整洁的白发，神色安详，尤其是她的眼睛，乌黑、明亮，清澈如山间一池秋水。漫长岁月和艰辛的经历并没有在她的脸上留下苦楚的沧桑感，反而使其愈加超然、宁静、尊贵。看着她，我的脑海里一再翻滚出书中那些令人毛骨悚然的逃亡细节：风雨、泥泞、激流、悬崖、饥饿、寒冷、疾病，飞机的轰炸、土匪的打劫、苏军的奸淫、狼群的围攻，恐惧感、绝望感以及逼近死地的求生欲，在短短几个月的逃亡途中，一股脑地袭来，让这个原本家境优渥的二十岁女孩，全都体验到了。在茫然无助的绝境里，她断然选择了嫁人，和一个陌生的父亲一样年龄的异国农民结婚生子，过着最为贫瘠的中国北方农村生活。"文革"的到来，也是因为她的特殊身份，厄运又降临到她和家人的身上……阅读这本书的时候，我一再想起多年以前著名作家余华写的那部长篇小说《活着》。这本逃亡手记，其实就是一部日本人版的《活着》。在所有现实主义文学作品中，描写苦难最具催人泪下、撼动人心的力量，但是，久保英子的这本书，不是通常意义上的文学创作，她如实记录下自己的人生经历，却远远超越了虚构所能带来的阅读震撼。当然，这也是一段她不愿意再回忆的苦难岁月。

"因为一想起来，心尖子就疼。"

老人家反复说起这一句话。她的中文表达和日语一样好，当她用带着哈尔滨口音的中文和我"唠嗑儿"的时候，我完全感觉不到她是一个有着日本血统、日本国籍的老太太了。战争已经过去七十年了，但是战争的苦痛还深深地留在那些亲历者的记忆里。

老人说："打起仗来，最苦的是老百姓。"

我知道，这老百姓的语境里既有中国的老百姓，也有日本的老百姓。因为，每一个人的哭泣都是全人类的哭泣，每一个人的苦难都是全人类的苦难。战争让日本人民陷入水深火热之中：回天鱼雷，神风特攻，冲绳登陆战，东京大轰炸，广岛、长崎原子弹……几乎要亡国灭种。同样地，我们也不能忘记，穷凶极恶的日本军国主义者发动了侵华战争，杀我同胞，践踏我国土，血债累累，使无数中国百姓家破人亡、妻离子散。遗忘即背叛，但我们铭记不是为了复仇，而是超越。日中永不再战已经是全体日本人民的共识，军国主义成了过街老鼠。在和平年代，那些叫嚣打仗的人，多半是因为没有经历过战争，想象不到战争给人类社会带来的巨大灾难。

在这本书的最后一章里，久保英子这样写道："我祈祷这世界再也不要发生战争，我祈祷中日永远友好和平，谁都不要成为战争的牺牲品。"或许，这才是她写作的初衷，也是这本书存在的意义。

我热爱自己的家国，但是我诅咒一切以所谓"主义"为名的战争，因为我不希望看到人类在愚蠢的相互杀戮中泯灭人性，丧尽文明，让高贵的生命失去尊严。

所以，我乐意完成久保老人的一份心愿，将此书翻译出来，并虔诚地奉献给广大中文阅读者。

译 者
2016 年 9 月 6 日

目 录
contents

1945
我的逃亡手记

1 一九四五年 "满洲"

我喜欢"满洲"的秋天，那是一年里最美好的季节。庄稼熟了，它们像知恩图报似的给辛苦的农民们带来收获的喜悦。田野、森林和起伏的山峦，到处张扬着饱满而热烈的气息，一片明黄的大地上，笼着湛蓝湛蓝的高天。

八月九日，特别晴朗而宁静的一天。这天早晨，在我遥远的祖国，美军把第二颗原子弹投向长崎，随即而来的是日本向全世界宣告投降，漫长的战争终于结束了。但是对我来说，这发生过的一切，却是很久很久以后才知道的。

已经二十岁的我，在生活上还是有些任性，感觉像一个没长大的女孩儿。那天早上，太阳都升老高了，我一如既往还在睡懒觉，直到嫂子来叫醒我吃早饭。每天早上赖床，猫在被窝里，醒一阵儿睡一阵儿，盯着天花板发一会儿呆，磨蹭时间，似乎成了一种习惯。

"英子，吃饭啦。"

和往常一样，嫂子显得很无奈地喊了一声。

我在被窝里下意识地应了一句："嗯。"可是并没有立即起床的打算。

1

突然，"轰——轰——"的一串尖锐刺耳的声音传来，是轰炸机呼啸着撕裂空气的声音。这声音好奇怪，就觉着和平素听惯了的日本飞机传来的引擎声不太一样。

"嫂子，嫂子，飞机啊。"

我一下子坐起来，跟正在隔着珠帘张罗早饭的嫂子确认。嫂子笑着说：

"一架飞机有什么好稀奇的。"

言外之意是，这个懒丫头还不赶紧起来呀。我胡乱踢开被子，屁股上像装了弹簧一样，腾的一下就翻身下床了。

"真拿你没法子。"

嫂子一边笑一边说：

"都是二十岁的大姑娘了，你就不能文静一点吗？"

我缩起脖子对嫂子的责怪支支吾吾，心里却老是惦记着刚才听到的那架飞机的轰鸣音。

"飞机的声音有点特别啊，难道是苏联的飞机飞过来了？"

嫂子嗔怪着说：

"别开玩笑好不好，一大早，怎么会有苏联的飞机呢。快点准备吃饭吧。"

我扑扑腾腾走进厨房，拧开水龙头洗了一把脸。隔着厨房的窗子朝大姐夫的房间喊了一句：

"姐夫，吃饭喽。"

听到我的喊声，嫂子答道：

"不用劳你费心啦，大姐夫和孩子们早就起来了。人家可真是和你不一样啊。"

我感到有点不好意思，本以为自己好心好意，却又被嫂子羞臊了一句。我故意踩着地板砰砰响，走向餐桌。早饭刚吃了一半，忽然听到外边有人正大声叫喊着什么。仔细一听：

"各家各户听好了，苏军已经和我们开战了，大家赶快准备，去火车站集合。"

是一个男人的声音，急急火火地用简易铁皮喇叭向大家做紧急通知。

听到这意外的通知，大姐夫和嫂子几乎是同时放下碗筷，站了起来。似乎他们早已经预料到，这一天迟早要来的。一向心性平和的大姐夫，看了我们一眼，冷静地说：

"快点准备吧。"

人生就是一大堆杂乱缤纷的日子，谁都不会刻意去记住些什么。但是有些时间的节点，却是想忘都忘不了的。八月九日这一天，对我来说，是一个刻骨铭心的日子。

我是十五岁那年去的 "满洲国"（现在的中国东北三省）。

我出生于日本的北海道。在我三岁那年，我的父母带着我们一家三男六女九个孩子迁居到萨哈林岛，到了我小学快要毕业的时候，上边的三个姐姐都已经出嫁了，记得那个时候父亲得了胃病，时常发作，身体一天天衰弱下去，家里家外全靠母亲一人辛苦操劳。母亲是一个内心纤细又非常要强的女性，无论家里经济条件多么拮据，她都执意要我们兄弟姐妹读书识字，和别人家的孩子一样接受学校教育。家境虽然不好，但是心灵手巧的母亲总是尽力在孩子们的服装上动心思，让我们从不因为穿着寒酸而感到害羞。

我的二哥心地善良、头脑聪明，又非常热爱学习，成绩一直在班里名列前茅，但不幸的是，他在中学快要毕业那年得了肺结核病，不久就死了；二哥的死令我们的父母伤心欲绝。更为不幸的是，夭折的哥哥把结核病菌传染给了父亲，没过多久父亲也病故了。接踵而来的不幸，让性格坚强的母亲怎么也掩饰不住内心的悲伤，日日以泪洗面，有时候她一整天都不说一句话。

那时候，我的大哥已经去了"满洲国"，传来的消息说，他在遥远的国度已经开创了一番事业。于是，漂洋过海去投奔大哥，是我们家那时候唯一的选择。

除了远在"满洲"的大哥和嫂子，母亲的身边还有我和两个姐姐，以及一个十三岁的弟弟。大哥在牡丹江北岸的东安县城，经营着一家汽车机械修理工厂，员工有二十六个人，同时他还买了三台卡车从事运输业。

记得我们一家首先到达的地方是牡丹江市，二姐比我们先来了一些日子，不久，四姐和五姐也来到牡丹江，后来她们在这里结了婚。

我们家在这里度过了五年平平稳稳的日子。我在牡丹江读完了高中，去了一家百货店上班，就在我们渐渐地适应了这一片新的环境的同时，战局对日本来说却越来越严峻。终于有一天，大哥也接到了征兵令，被召集到牡丹江南边的部队里。因此，母亲被接到住在鸡西的姐姐家，我也因为大哥入伍，辞去了百货店的工作，去安东的哥哥家帮忙。又过了不久，年龄最小的弟弟考到抚顺的技术学校上学去了。就这样好好的一个大家庭，一转眼就七零八落了。

可是，谁也不会想到，这一离别就是二十九年。这期间，我未能见到一位亲人，直到我回日本探亲才与年迈的母亲和姐姐们重逢。

大哥走后，在他安东的家里，留守着怀了九个月身孕的嫂子和一个小女儿，此外还有我和大姐夫一家，大姐因为产后身体恢复不好，已经去世了，大姐夫一人带着四个孩子，在大哥的修理工厂工作。

如今听到苏军打过来的消息，我们该怎么办呢？大哥是我们一家的顶梁柱，平时都听他的，他不在家，我们一时都没有了主意。大姐夫说：

"总之，大家不要走散，能拿的东西都拿好，先去火车站集合。"

"这个家怎么办啊？"

嫂子一脸茫然地问我，我也不知道该怎么办，丢掉这一屋子家当还有那么大的一个工厂，真是太可惜了。可是大难来临，谁又能怎样呢。

这时候，大姐夫带着两个孩子走到玄关口，脸上带着决绝的神情。

我催促他们说：

"嫂子、大姐夫，你们把孩子们带好先去火车站吧，我们随后就去找你们。"

"英子，你不走还有什么要紧的事吗？"

大姐夫有点诧异地问我。

"我、我，我要把汽油库点一把火，把这个家都炸掉。"

没等我说完，大姐夫瞪圆了眼睛：

"哦，说得好吓人啊，这样的事一个女孩子有胆量做吗？"

我故作自信地解释说："先把一小罐汽油在地上洒一道长线当导火索，躲到安全的距离之外，点火，引爆仓库。"大姐夫和嫂子听了都半信半疑。

已经没有仔细考虑的时间了，我从仓库里拎出半桶汽油，在地面上流出一道细细长长的油线，大约二十多米。我一边掏出火柴，一边对他们喊道：

"没事的，你们快点离开，我要点火啦。"

"真的不要紧吗？"

嫂子一边走一边担心地回头张望着。

目测嫂子他们已经远离了危险地带，我才用微微发抖的双手打开火柴盒。就在这时候，突然听到背后有人大声喊了一句：

"喂，住手，你在干什么？"

循声看去，一个年轻的宪兵，正在盯着我。

我用很重的语气说："我要把我家炸掉。"

宪兵听后，哈哈大笑起来：

"你？爆破？"

我瞪了他一眼，愤愤地说：

"有什么好笑的。难道不可以吗？"

宪兵收住笑声，问道：

"这是你家吗？"

"是的。"

宪兵说：

"用不着你动手，交给我来办吧，比起火柴，手榴弹更有威力。说实话，我就是奉命来炸房子的。这么好的工厂不能白白落到敌人手里，这是命令。"

"那么好吧，这里就拜托你了。"

我松了一口气，转身去追赶嫂子他们了。

2　逃离战火

火车站前一片不大的广场上，已经挤满了人和行李，每个人的表情都是惶恐不安。看不到嫂子和大姐夫他们在哪里，我焦急地寻找着。倒是大姐夫的三儿子从远处一眼看见了我，大声喊起来：

"小姨，我们在这边，这边。"

谢天谢地，全体人员终于汇合了。可是，火车几点来啊？问问旁边的人，谁都不知道，也看不见车站的工作人员。大家都只是茫然无助地等待着，观望着，众人的目光投向火车轨道的远方，远方始终都没有一辆火车开过来。

秋日正午的阳光，毒辣辣的，晒得人脸和胳膊发烫、发疼。一两个小时过去了，每个人都默默地忍耐着、等待着，昏昏欲睡。忽然，一阵刺耳的警报声响起来，随即，人们看到有三架苏联轰炸机正朝着火车站俯冲而来。

"发现敌机，快逃。"

"炸弹，炸弹。"

人群轰的一下散开，向四面八方逃去，哭喊声和哀号声响成一片。

炸弹发出刺耳的尖叫噼里啪啦落下来，在黑压压的人群里炸开，血肉横飞。伴随着爆破音，地上卷起一股股强劲的热风，人的身体就像轻飘飘的树叶被远远地抛出去。

死亡就是一瞬间的事情，成片的人倒下了。空气里弥漫着炸药的气味和浓浓的血腥味，还有孩子们的号啕和母亲呼唤孩子的声音。

"快进防空壕。快进防空壕。"

有人在指挥，声嘶力竭的指挥声，淹没在巨大的哭喊的声浪里。我和大姐夫把孩子们推进防空壕里，趴在车站入口处隐蔽。轰炸机丢下一排炸弹后在天上划出一个巨大的圆弧又飞回来，飞得很低，眼看着机翼要蹭到火车售票厅的屋檐上了，连苏联飞行员的脸也都看得清清楚楚。

这一次是一连串很有节奏的机枪扫射声，"哒哒哒哒……"，轰炸机上的机枪手向惊慌失措的人群扇形扫射。不远处，有几栋房子着火了，腾起一道道浓浓的黑烟。

"还不快进来，朝天上看什么。"

嫂子大声训斥着我，我忍不住还是探头出去，看那几架轰炸机的动静，不知是谁自言自语道：

"早上飞来的那架敌机，一定是苏军的侦察机。"

"应该是的。"

我转过头很赞同地附和了一句。镇定下来的人们，听着敌机在头顶上肆虐，脸上已经没有了刚才的恐惧，与其说恐惧，倒不如说是憎恨和无奈。

"我们的飞机为什么一架也没有来呢？"

孩子们抬头向大人询问着。

"日本的战机在哪里？"

"我们的高射炮为什么没有还击呢？"

"嗯——看来是无力还击了，我们要输啦。"

大人们向日本军队发着牢骚，脸上都是自暴自弃的表情。

敌机终于飞走了。四散逃避的人们又开始聚集到车站前的小广场上。穿制服的车站员工不停地鞠着躬，反复宣告着一个令人失望的消息：

"对不起，诸位，因为敌机空袭，火车轨道遭到破坏，已经不通车了。前方现在正在抢修，估计要等到夜里。请大家耐心等候。"

焦急和愤怒都没用，唯一的行动就是等。留在车站广场，可能还会遭到敌机轰炸。大家商量说，天黑之前，还是去个什么地方避难为好。商量的结果是，大人孩子先去离车站不远的一个熟人的商店，在那里一直等着火车的到来。

在那家商店里，我们一直等到深夜。这一天，早餐只吃了一半就开始准备逃难，直到夜里都什么也没吃呢。但是，谁都没说要吃东西，可能是因为害怕吧，大家都忘记填饱肚子了。

大姐夫家的孩子们都很听话，嫂子家的那个两岁的女儿也许是犯困了，开始闹人，不停地哭，吵着：

"我要回家，我要回家。"

嫂子也终于忍不住眼泪：

"好孩子听话，咱们已经没有家了。"

我也对小侄女说：

"妈妈没骗你，咱们的家已经被炸毁了，回不去啦。"

也不知这孩子听没听懂我的意思，"呜呜呜——"，反而哭得更厉害了。嫂子在一旁不停地给她擦着眼泪。

大概到了夜里十二点左右吧，总算等来了消息，我们听到喊声：

"请大家速到车站站台集合。"

摸着夜路，深一脚浅一脚地，我们急急忙忙朝着车站走去。

大姐夫身上背着一个四岁的孩子，一只手拉一个孩子，全家的行李让十六岁的大儿子扛着。我身上也背着大约四五十公斤的箱子。嫂子前身挺着一个大肚子，后背背着两岁的女儿。车站里的人和白天一样多，到处人挤人人撞人，拥挤得水泄不通，我们这一家子根本挤不进月台。大姐夫一直前后照顾，不停地喊着大家的名字：

"不要走丢啦，走丢了就找不着啦。"

挤来挤去，排在长长的队伍后边等啊等，东方的天边都隐隐放亮了，结果我们还是没有乘上火车。

熬过一个漫长之夜，排在我们前边的人群总算少了，放眼看去，剩下的人差不多都是老弱妇孺和拖家带口的群体。终于登上了一列开往南方的火车，安顿好行李坐下来，大人和孩子们都感到稍稍轻松了一点，但是一夜的疲劳困顿随即袭来，很多人身子歪在座椅上打瞌睡。

蒸汽列车吐出一股白色的浓雾，发出一声吼，车体"哐当"一声，仿佛打了一个激灵，然后缓缓启动。

火车开出站台不多久，我的耳边传来好像蚊子的嗡嗡声，"啊，难道是……"从车窗口向外望去，果然，一架低空飞行的敌机开始冲着火车头疯狂扫射，火车立即减速，一个急刹车停了下来，留在车里很危险，人们急急忙忙跑下车，往路边的壕沟和小树林里躲藏。敌机不停地调整角度，机关枪的子弹一排一排地射，反反复复持续了大约半个小时，估计是弹药用光了才呼啸着飞远了。

火车头被打坏了，火车在原地抛锚了。火车两侧躺了一地受伤的人和被打烂的尸体，血肉模糊的场景，真是惨不忍睹。最难忘的一幕是，我看到一个年轻的妈妈满脸是血，侧身倒在车轨上一动不动，她已经死了，但是怀里还紧紧地搂着一个婴儿，婴儿嘴里还含着妈妈的乳头，安静地吃着奶水。

"哎，好可怜啊。"

侥幸活下来的人们，从婴儿旁边走过只是哀叹一声，谁也不知道该怎么办。谁的肠子从肚子里翻卷出来，谁的脑袋被打碎了眼珠子掉下来，路边谁的一条胳膊丢在那里……大家默默无语地眼看着身边一幕幕惨状，闻着弥漫在空气里的血腥肮脏气味，差不多已经神经麻木了，心也麻木了。

临近中午的时候，火车头总算修好了，司机师傅传来发车的命令。

走回原来的车厢里一看，早上还十分拥挤的座位突然空出一多半了，不用问也都知道那些人已经不用等了。坐在座椅上的人们呆呆地沉默着，车厢里静悄悄的。沿途不知还会遭遇到什么危险，显然有人对南下已经开始绝望了。

走进车厢不久，大姐夫突然发现他的三儿子小武不见了。上车前那一会儿我还见到那孩子抿着嘴，怯怯地站在道边看一具被打烂的孩子的尸体。大姐夫对我说：

"英子，拜托你替我照顾一下孩子，我要去找找小武。"

说完，他就下了火车，大儿子小修不放心爸爸一个人去，也放下行李走出车厢帮着爸爸去找弟弟。

"快点回来呀，磨磨蹭蹭的，火车就要开走了。"

这一对父子都没太在意我的提醒，心思全放在找小武上边了，我当然也理解他们是多么着急上火。一转眼我就看不到他们了。

火车开始启动了，我的心快提到嗓子眼了，从两边的车窗向外边张望，瞪大眼睛寻找他们，可是连个影子也没看到。火车开得越来越快了，我知道他们父子三人已经不可能赶上这列火车了。爸爸没有回来，留在我身边的一个九岁的女孩和一个四岁的男孩都哭起来了。

"小姨，我好害怕。"

"爸爸会去哪里呢？他能找到小武吗？"

孩子们的脸上显出不安的表情。

"不会有事的，别担心，他们一定会乘坐下一班火车追上来，来找我们的。"

我和嫂子不停地安慰孩子们小小的心灵。

"不会有事的，别担心。"

其实我和嫂子也在自己安慰自己，谁也无法预料他们能不能找到我们。

这一列火车已经开到了最大的马力，用从未有过的速度向前疾驶，坐在车里的人们还嫌它不够快，心里想着"再快点，再快点"。人们的心情都是一样的，因为不知道是不是还会遇到敌机来空袭。车厢里，人们都不说话，凭感觉就知道，每一个人都在心里默默祈祷着，祈祷火车顺利开到牡丹江。牡丹江有我的妈妈和姐姐，在那里等着和我们会合。

但是，冷冰冰的命运之神并没有因为我们的虔诚祈祷而变得心慈手软。火车快要开到鸡西的时候，从北边传来了爆炸声。

有人喊道：

"糟了，敌机又来了。"

众人的脸色一下子都紧张起来。这次恐怕是在劫难逃了，我忽然预感到，从今往后可能再也见不着妈妈和姐姐了。极度的恐惧和悲哀仿佛一块巨石压在我的心头，身子一动也动不了。

敌机在火车的上空不停地抛掷炸弹，炸弹在火车两侧轰隆隆炸响，弹片和飞溅起来的泥土、小石子把窗玻璃都撞碎了。火车似乎也和我们的心情一样，开足马力拼死奔跑。

可是不一会儿火车的速度就慢下来，不知是车头出现故障还是前面的轨道被毁坏。

火车一停，人们纷纷从车厢里跳下来，慌忙隐蔽。火车四周到处都是伤员的哀号和求助声。

可是除了自己的亲人，没有谁停下来伸出援手，大家都是自顾自命，活着成了唯一的念头。

我手里拉住大姐夫的两个孩子准备下车，回头看见嫂子还在那里坐着不动，我说：

"嫂子，车里不安全，快点下去吧，我们去小树林里躲躲。"

可是嫂子却回答说：

"树林里和这里还不是一样，都不安全。"

我用催促的声音说：

"不是的，火车目标大，飞机一定会来轰炸，再不走来不及了。"

没等嫂子回答，我就先带着两个孩子下车了。嫂子挪动着笨重的身子，很不情愿地从座位上站起来。

我们刚一下车，一架飞机又飞过来了，锁定火车一通狂轰滥炸。

我们朝着最近的一片树林跑去，敌机似乎已经发现人们躲进了树林，炸完火车以后，又把目标锁定在树林和凹地里，从上空开始机枪扫射。噼噼啪啪的子弹,从树枝树叶间雨点一般扫射进来。我让孩子趴在地上,自己的身体趴在孩子身上。被压在我身子底下的孩子们,闷声闷气地说:

"小姨,好害怕啊。我们会死吧。"

我抬起头,透过林间的缝隙看见飞机上的机枪手,一边扫射一边向下探望。他们的军装和面孔清晰可见。和我们同坐一列火车南下的,还有一队日本兵,他们都带着枪,却和我们一样躲在树林里,猥琐地趴在地上。整天向老百姓吹嘘勇敢和善战的日本军队,此时没有一个士兵敢冲着近距离的敌机还击一下,真是让人感到悲哀。我自言自语道:

"这些带枪的日本兵真让人觉得羞耻。"

"还击一枪两枪的,此时此刻有什么意义吗?"

嫂子叹息一声,一半回答我,一半也是自言自语。

敌机十分执拗,认定我们是一支军队躲在树林里,在上空盘旋一阵,飞走;再过一会儿又飞回来。如此反复数次,直到夕阳西下,天色变暗,才悻悻地飞走了。等到完全听不见飞机的引擎声了,躲在树林里的人们才恢复了行动自由。但是,接下来要怎么办,朝哪个方向走,谁也不知道。

"小姨,我肚子饿了。"

孩子们总算从恐惧中解放出来,于是肚子咕咕叫了。嫂子背上的孩子又开始闹腾,不停地喊:"妈妈,妈妈。"肯定是闹着要吃的。从早上开始,都还没正儿八经地吃上一顿饭呢。可是在荒山野岭的树林里,没锅没灶,也不能生火,任孩子哭闹,我和嫂子也没办法。

正发愁的时候,旁边一个士兵向我们走来。他手里拿着一袋饼干,说:

"送给孩子们，吃这个吧。"

不远处另一个士兵看到我们，也亲切地说：

"我这里也有一袋饼干，都给孩子们吃吧。"

还有一个士兵，送过来一个军用饭盒，不好意思地说：

"这是我吃剩下的一半米饭，你们要是不嫌弃，请收下吧。不光孩子吃，大人也要吃点，打起精神来。"

得到他们的帮助，心里热乎乎的，感到歉意的是，刚才敌机来扫射时，我还那样抱怨他们胆小无情呢。那个士兵关切地说：

"一定要吃饱肚子啊，今晚还要夜行军啊。"

我照顾孩子们吃饭，也劝嫂子道：

"嫂子，还是吃一点吧。"

面带倦容的嫂子说：

"你要是饿就吃吧。在这时候，我一点食欲也没有。"

我的性格是个天生的乐天派，从来就不是遇事闷闷不乐、想不开的人。我说：

"那好吧，我就吃一点啦。"

说着，把孩子们吃剩下的东西，折罗折罗就吃起来。嫂子一副惊讶的面孔看着我吃饭的样子。说：

"没想到啊，平时那么爱干净的英子，居然把孩子们吃剩的东西，拿过来就吃。"

听到嫂子的话，旁边的士兵们都笑了。以前我的确在生活上有点小洁癖，可是，现在被人说起来也顾不上了，人在饿肚子的时候，还能有什么要在乎的呢，于是既不解释也不反驳，低头继续吃饭。

无论怎么劝，嫂子一口也不吃。我把给嫂子准备的一点饭包在一

15

张纸里。走到那个士兵面前，道了一声谢，把军用便当盒还给人家。

我是这样决定的：到了晚上跟在部队的后边一起夜行军，总之，无论如何我们都要赶到牡丹江去，路上无论发生什么我们都要坚持下来，一定要和妈妈、姐姐她们会合。在火车里遭到敌机轰炸时，我差不多已经绝望了，以为再也见不着妈妈和姐姐了，可是刚才一吃饱肚子，立即打起了精神，不由自主地从心里涌出来团聚的希望。

可是，带着孩子跟在队伍后边行军，这一路上有多么艰苦，不难想象。为了轻装上阵，我对嫂子说：

"嫂子，咱们的行李有点多了，还是丢掉一些吧，走起来轻快。"

嫂子颇不情愿地说：

"我也想丢掉些，可是随身带的都是为了分娩准备的东西，还有孩子换洗的衣服。现在丢掉，到用的时候就为难了。"

看见嫂子不情愿，我就把自己随身带的衣物精简到只留下一条裤子。这样可以腾出手抱一个孩子。行李是减轻了，但是抱着孩子走路实在是不容易。走一阵歇一阵，再走再歇。别人不停地超过我们往前走。前身抱着一个孩子，后背背着一包行李，陪着怀孕的嫂子，我们无论如何都赶不上那些年轻力壮的士兵。

像我们这些平时没有这样长距离走过路的人，不多会儿脚就肿了，脚底磨出血泡，一脚踩下去，疼得像针扎一般。孩子们也是走一会儿就喊累，一坐到地上就不起来。我的手臂已经麻木了，肩膀像是脱臼了一样疼。

尽管如此，我还是一边催促着孩子们，一边前行。肚子饿了，就厚着脸皮向从身边走过的士兵要一点饼干充饥。

大概是第三天吧，有一个士兵从我们后边赶上来，对我说：

"你们再不走快点，会有麻烦的。后边已经快没有人了。我们是最后的部队，负责后方守卫，如果你们落到后边，那多危险啊。"

其他士兵也都纷纷鼓励我们：

"姑娘，你们必须要和大部队一起走啊，加油。"

可是，眼下带着孩子和孕妇，我们无论怎么卖力走也不可能赶上行军队伍的速度。连最后的这一支部队也走到前边，不一会儿远远地把我们甩到后边。我们身后差不多已经没有人赶过来了。

傍晚，开始下雨。道路泥泞，赶路的速度更慢了。孩子们也不停地摔跤，然后爬起来弄得全身都是泥巴，像个泥人似的，看到这一幕，真令人欲哭无泪。

生来就性情乐观的我，此时也不由得悲伤起来。孩子们都累哭了，嫂子挺着大肚子，看起来连一步也迈不动了。

正在苦闷、纠结的当儿，一支小分队从后面走来。队伍里有一辆马车，一个看起来年龄稍大的军人，从马车上跳下来，走到我们身边，说：

"真是难为你们了，已经走不动了吧？来，把行李和孩子们放到马车上去。"

他一边说着一边帮忙把孩子们抱上马车。如同在地狱里遇到菩萨一般，在最危难的时候，我们得到了这样热情的援助，我和嫂子都喜极而泣。

可是，嫂子因为身孕的累赘，走起路来还是步履维艰。我心疼不过，就说：

"嫂子，让我来背正代吧。"

嫂子看起来也是迫不得已，一边说着歉意的话，一边把自己背上的女儿正代放下来换到我背上。说：

"英子，真是不好意思，一直给你添麻烦。"

可是，不到三岁的小侄女正代一到我背上就大声哭闹着要下来，非要妈妈来背，她觉得只有妈妈的背上才是最安全的。我把两手背过去轻轻拍打正代，安慰说：

"正代乖，正代乖，正代听姑姑的话啊。"

可是不管用，孩子依旧哭闹。我也生气了，索性恐吓她说：

"不许哭啦，再哭'轰隆轰隆'就飞过来了。"

我伸开双臂模仿着轰炸机盘旋轰炸的样子。没想到，这孩子立即就停住了哭闹，变得老实多了。孩子真是被苏联的轰炸机吓着了，打心里产生恐惧。

"还是英子有办法啊。"

嫂子笑起来了。我也笑了，很得意自己在哄孩子方面还是有些小聪明的。

"喂，你们，都这时候了还笑得出来，赶快走路吧。"

一个士兵用很严肃的命令口吻催促我们。士兵的话立即把我们拉回残酷的现实，是的，都快到穷途末路了，怎么可以放声笑出来。

向着未知的前方，我们又开始迈出沉重的步伐。

我做梦也没有想到，今日竟成了我和孩子们的永别。

和我们一样的难民，持续不断地从后边一批一批地涌来，他们好像是"开拓团"的人，马车上拉着凌乱的家当和孩子。

"哎呀，拖着一个重身子走路，实在是太辛苦啦。"

坐在马车上从我们身边走过的人，看见嫂子的有孕之身，叹息着，说着同情的话，可是没有一个人会好心好意地说：

"来，坐上我们的马车走吧。"

　　大难来临，每个人每个家庭都是只顾自己，事关他人则漠不关心。在这特殊的环境中，我真切感受到了世道险恶与人情冷漠。

　　雨停了，满是泥水的道路被很多人踩踏，坑坑洼洼的，半夜行军，人们深一脚浅一脚。一天粒米未进的嫂子快要被沉重的身子拖垮了似的，走路越来越慢，一点点和马车拉开距离，看起来再也追赶不上了。难以想象留下她一个人将意味着什么。

　　我前顾后盼，感到左右为难。跟紧马车走，就会离嫂子越来越远。停下来等嫂子，载着孩子和行李的马车就会离我越来越远。我回过头对落在后方黑暗中的嫂子高喊：

　　"嫂子你要坚持啊，求求你了。"

　　但是，嫂子传来的应答声听起来已经没什么力气。终于，嫂子说：

　　"英子，我真的不行了。你先走吧，前边还有孩子们，别离开马车，拜托了。"

　　听到嫂子的话，我停下来。正代老老实实趴在我背上，已经睡着了。我在心里对孩子说："正代乖，姑姑我一定不会让你失去妈妈的。"

　　黑暗中传来嫂子的声音：

　　"英子，把正代留下来陪我吧，你自己也走得快些。"

　　我想，无论如何也不能丢下嫂子一个人，那样的话，她很可能会自杀的。我下定决心，当真要死的话，我也要和她死在一起。

　　和马车上的孩子暂时分开，估计也没什么，等他们到了牡丹江，说不定还能碰到。我循声过去，找到了嫂子，安慰她说：

　　"我来陪你吧。孩子们和士兵一起走，一定很安全。"

　　我扶着嫂子一起慢慢往前走，不多时，前边马车车队的声音就听不见了，后边也听不到有行人的脚步声。

不觉间，黑暗中前方出现两条岔道，我们不知道该走哪一条。马车的部队去了哪边呢？

等了好大一会儿，后边走来一个背着柳条箱的中年男人，我问他："哪一条道是去牡丹江的啊？"

那个人左看右看，他也直摇头。

"反正是慌不择路，找一条朝着南方的路走吧，如果不觉得为难就一起做伴儿走好吗？"

横竖都没有自信，反正，多一个人结伴而行也就多一分安心。最后我们决定和他一起走。

后来我才知道，载着孩子的马车是沿着另一条路走的。第二天，天放亮，我们四下打探，可是孩子们乘坐的马车早已无影无踪了。两个孩子，一个九岁、一个四岁，要是一觉醒来找不到他们最信赖的小姨，一定会放声大哭吧。直到现在，一想起此事我的心就疼，眼泪忍不住夺眶而出。两个可爱的孩子，好好的就从我手里走丢了，这么多年，我总是责备自己，虽然事出无奈，可是仍然悔恨不已。

很多年过来，总有人安慰我说：

"没事的，他们一定能遇到善良的中国人帮助他们，在我们不知道的地方长大成人了。"

被没有子女的中国人夫妇收养的日本孤儿也不少，如果那两个孩子也被哪个好人家收养了，我也就安心了。四十多年过去了，一想起此事我就后悔得睡不着觉。

追赶了一夜，到天亮时，我已经基本确定和孩子们走散了。脑子里一片空白，一点判断力也没有了，眼泪哗哗地流。

这时候，正代从背后嚷嚷：

"鸡蛋，鸡蛋，我要吃鸡蛋。"

我一愣神，扭头看见那些"开拓团"的人，从路边的中国人家里买了煮熟的鸡蛋给自己的孩子吃，别人的孩子吃鸡蛋的场面被正代看见，立即就眼馋了。

岂止是孩子，又困又乏的我和嫂子也早就饿坏了。两个人面面相觑，开始为难起来。从家里出来的时候，出于安全考虑，所有钱物都让大姐夫带在身上。谁也没料想到在逃难的火车上会遭遇那样可怕的场面，我们一文钱也没带，也就是说，我们连买一个鸡蛋的钱都没有。两个大人都傻眼了。

"哎呀，当初分一半钱带身上就好了。"

"是呀，谁能想到一出门就遇到那样可怕的事……"

两个人说着后悔的话，现在，光是后悔也来不及了。总是要想办法先给背上的孩子弄口吃的。正在犯愁的当儿，突然，我听见背后有人喊我的名字。

"久保姑娘？你是久保姑娘吗？"

转过头一看，横山君站在那里。因为他身上穿着军装，一开始我还没认出来。那张面孔，分明就是在牡丹江生活必需品株式会社里上班的横山君，他和从前一样，那张被太阳晒得黑红的脸上挂着微笑，半信半疑地看着我们。

"是横山君啊。"

他乡遇故知。我一阵惊喜，向他跑过去。

"怎么，你也应召入伍啦？"

"是呀，一个月之前，突然就……"

横山摇着宽大的肩膀，笑嘻嘻地说。突然看见我背后的孩子，惊讶地问：

"谁的孩子？"

"我嫂子的女儿。"

于是，我叫过来嫂子给横山君介绍了一下。横山君说：

"我也帮不上什么忙，要是不嫌弃的话，我们做个伴儿一起去牡丹江吧。"

不知为什么听到这句话，心里感到好温暖。我和嫂子两个女子，路上一直担惊受怕。要是有个男人陪同，多么安心啊。不觉间眼泪流出来了。

"怎么啦，久保姑娘？"

横山君诧异地询问。我一边流泪一边把这两天的遭遇讲给他听，横山君听完安慰我说：

"实在是难为你了，姑娘。要是早点遇到我的话，说不定孩子就不会走散啦。实在是太遗憾了。"

横山君一脸同情，我也顾不上什么面子不面子的了，冲着横山君央求道：

"总之，先给孩子弄点吃的，你看……"

横山君爽快地说：

"有吃的，有吃的。都这种时候了，咱们之间就别客气啦。久保小姐你也要吃一点。"

一边说着，横山君拿出饼干和饭盒递到我和嫂子手里。

孩子饿了，大人也饿了，自从家里出来，几天几夜就没吃上一顿像样的饭。一路上填肚子的东西，都是像乞讨一样从别人嘴里要来的，再加上夜间急行军，消耗大量体力，肚子真是饿扁了。

横山君微笑着站在一旁看我们吃饭，他说：

"接下来的路，我陪同你们，有什么麻烦事你们就直说啊，好歹我是男的，有力气。"

三个人坐到路边，想先歇歇脚，刚坐了一会儿，我突然感到眼前一黑，缓缓地歪倒在地，好像沉入深不见底的黑洞里，没有了知觉。

也不知过了多少时间，像做了一场梦一样，我迷迷糊糊张开眼，身子咣当咣当在摇晃，浑然不知自己这是在哪里。

"英子，英子，你好点了吗？"

嫂子在我旁边，轻轻摇我的肩膀。我看看周边，发现自己好像正斜躺在一辆行驶的卡车上。

"已经没事了，神志清醒过来了。"

嫂子旁边一个像军医一样的年轻人，一直在盯着我。我完全想不起来自己身上发生了什么，也不知道怎么躺到卡车上了。

"终于神志清醒了。"

"真是好极了。"

身边好几个士兵，围着我看，见我醒来都很兴奋，大声说着什么。

"哎呀，实在是大吃一惊，突然一个年轻的姑娘倒向我身边。"

"平生还是第一次这么抱住一个女孩的身体呢。"

一个年轻的士兵耸了一下脖子，伸出舌头，扮了个鬼脸，把大家都逗乐了。我一猜就知道是自己刚才丢丑了，脸都羞红了。

嫂子松了一口气对我说：

"英子，幸好得到大家的帮助，要是我自己真不知该怎么办啊。"

嫂子告诉我说，我正好好地坐在地上，突然身子一歪就倒下来，昏迷过去，自己什么也不记得了。刚好有一支部队经过，横山君跑过去请随军的医生来诊断，于是把我放到军队的卡车上，我在卡车上差不多睡了一整天。

医生说了，也不是什么大病，是累倒的。一天一夜不吃东西，背着一个孩子又走了一夜长途，饥饿加疲劳加紧张，神经一直绷得紧紧的，突然遇到横山君，一时高兴松了一口气，于是崩溃了。真没想到，身体笨重的嫂子没有倒下，反倒是比她年轻的我累垮了。

我的头还是觉得昏昏沉沉的，发了一会儿呆，努力爬起来向军医和那几位救我的士兵磕头致谢。

卡车在颠簸的泥泞路上，嘎嗒嘎嗒一直前行，开往哪里我也不想问了，总之只要跟上队伍，我就暂时安心一些。现在只希望自己的身体快点好起来，这么干着急也没用。

第二天早上，军医凑到我身边问我：

"感觉好点了吗？"

和昨天相比，头已经没那么沉重了。也有了食欲，于是吃了一点士兵分给我的饼干。就在刚好吃完早饭的时候，远处传来飞机的轰鸣声。

"敌机来袭。"

不知谁高喊一声。大家都紧张起来，抬头朝天张望。一个三十多岁的指挥官立即命令卡车司机停车：

"快速下车，去树林里隐蔽。"

指挥官和士兵们纷纷跳下车来，嫂子身体重，行动不便，几个士兵伸手过来扶她下车。道路两侧都有树林，适合隐蔽，我挽着嫂子，背着孩子看准了一片较为浓密的杂木林，向那里跑去，因为不止一次遭遇这样的袭击，心理上已经并不那么紧张了。

不一会儿，一架苏联的飞机飞过来，俯冲下来朝着我们的卡车开火，卡车的汽油缸被打中，燃烧起来，浓烟和火焰滚滚升腾。敌机在树林上空仅仅盘旋了一下，看不清楚里面的情况，只好就飞走了。

太阳已经升得很高了，差不多到了吃午饭的时候，可是谁都没说要吃东西。卡车被敌人炸毁，我们只有步行前进了。我给孩子喂了几片早餐吃剩下的饼干，背起她跟在队伍后边前进。

太阳光很毒，天气真热。汗一直从额头上流下来，身上的衣服也都湿透了。为了不掉队，我和嫂子拼命跟在队伍后边，连擦汗都顾不上。意外的是在家总爱哭鼻子的正代忽然变得老实起来了，也许是被敌机的炮击声吓着了，也许是疲劳了，不哭不闹静静地趴在我背上。并且，不时地回头，只要我和嫂子一拉开距离，她就大声呼喊：

"妈妈，妈妈。"

也许是女儿的呼喊声给了妈妈精神上的鼓励，嫂子紧一阵慢一阵，追随在队伍后面，总算没有被远远甩掉。

午后两点，队伍传令在一个小斜坡的路边临时休息。我们也坐在道边的一块草地上歇脚。这时候我才注意到，这一支队伍中士兵和平民加起来足有一千多人，想来是在行军的路上大家越聚越多，自然而然集结成了一支大部队。

一个五十多岁年纪，腰挎战刀看起来像指挥官的人，站在我们附近的斜坡上，突然他把手指向正前方大声喊了一句：

"不妙啊，那边是不是敌人的坦克。"

众人都大惊失色，心想，如果在这里遭遇敌人的坦克，那就必死无疑。大家循着他手指的方向望去，不知谁补充道：

"那一定是苏军坦克。"

指挥官立即下达命令：

"全体人员迅速卧倒。"

上千人的队伍卧倒一片，鸦雀无声。

可是，过了好一会儿，人们侧耳倾听，既没有听见坦克的车轮声，也没有听见坦克的射击声。

"好奇怪啊，怎么没有开过来呢。"

中年的指挥官一脸狐疑，在那里纳闷。一个侦察兵跑过来，报告说：

"长官，那不是敌人的坦克，那是一排搭建在山间的小木屋。"

"是吗？果然是几座小木屋啊。"

指挥官脸上堆满苦笑。大家这时候也都松了一口气。当真是风声鹤唳，草木皆兵。兵败如山倒，已经战败的日本军队，被几座小木屋吓成这个样子，实在是令人感到害臊。

这时候，另外一个侦察兵跑过来报告说：

"报告长官，前边的森林里有一家日本难民，就在刚才，一家七口人都死了。"

看起来是一家之长的父亲把全家都杀了，然后自己也自杀了。

"这是在尸体上发现的遗书。"

侦察兵递过来一张白色信纸，交到指挥官手里。遗书上潦草地写着几行字，大致的意思是："敌军来袭，我军战败，一家老小，逃无可逃，宁可同死，誓不受辱。"

遗书的事情立即在人群里传开了。我听了，心里倒是非常钦佩这一家老小的勇气。觉得这位一家之主的抉择是正确的，与其家人被敌人杀死，还不如亲自把家人送往天国，然后，他自己切腹自尽追随家人团聚。可是我却没有那样的勇气。

突然，我对那个胆怯的指挥官产生了憎恨，我怀疑是刚才他错误地把山间小木屋当成敌军坦克，才促使这逃难的一户人家仓皇间选择了自杀。这样的指挥官怎么可以率领这近千人的队伍呢？我对此人值不值得信赖产生了怀疑。但是，尽管怀疑他的指挥能力，我也不敢擅自离开队伍；离开队伍，我们一家三口，恐怕一天也活不下去。

我的旁边，一个看起来十七八岁的士兵，正在埋头用一截铅笔写日记。我无意中瞟了一眼，看见他写道：

"事件发生以来，今天是第五天，多么漫长的五天啊。"

难道已经过去五天了？今天是几号？星期儿？我已经忘了个一干二净。不，与其说是忘记了，倒不如说压根儿就没用心想过。

横山君走过来，看见那个少年兵写日记，也感叹一声说：

"是啊，今天已经是第五天了。"

"年轻人要好好坚持写日记啊，我也早把日历都忘记了。"

横山呵呵大笑起来，转头对我说：

"今晚终于可以美美睡一觉了。"

说着，把一件不知从哪里搞到手的毛毯送给我们。

我问：

"是露天野营吗？"

"嗯。已经两三天没有好好睡一觉了。野营也没关系，只要能有时间睡一觉。"

横山君看起来很是满足的样子，面带笑容坐到我们身边。

刚才记日记的少年士兵凑到横山君身边问：

"班长，今晚我们不再夜行军了吗？"

横山回答道：

"是的，今晚野地宿营。你也准备一下，就在这里睡下吧。"

"年轻人要记住，日记要坚持写下去，不然很容易忘记日期的。"

横山一副很认真的口气教训他。

从他们的对话中我才知道，横山君已经是军队里的小班长了，于是又重新打量了一下他的军服，但是此时是战败大撤退，无论当官的还是当兵的，全都把军服的领章、肩章摘下来，所以单看衣服不辨官衔。穿将校服的长官容易暴露自己，都纷纷故意隐蔽官衔装扮成普通士兵。地方人（军队的人平时这样称呼老百姓）自然很看不起他们的这种举动，背地里都在嘲笑他们。

夜晚，我和嫂子在两边，正代睡中间，三个人躺出一个川字，虽说是露天野营，但今晚周围都是士兵，心里感到格外安全，于是一躺下就呼呼大睡了，连一个梦都没做。

天快亮的时候，我醒了，觉得全身都冷冰冰的，嫂子也是被冻醒的，牙齿咯咯响。我们用仅有的一件毛毯把正代裹得严严实实的，这孩子倒是睡得挺香。和日本不同，"满洲"的秋天，昼夜温差很大。

早上，大家都起来了。横山君走过来打了个招呼，说道：

"久保姑娘，你们就在这里等着吧，一会儿就让当兵的把早饭送过来。"

我急忙站起身说：

"让我一起去帮着做早餐吧。"

横山双手按住我的肩膀，让我坐回到嫂子身边，笑着说：

"久保家的大小姐，你就不必那么客气了，一切听我安排。"

一转身大踏步走远了。

果然，不一会儿，有个士兵捧着热腾腾的盒饭送了过来。朝着士兵的背影，我和嫂子一再弯腰，鞠躬致谢礼。真是感到很久没能够这样身心放松地吃一顿热腾腾的早饭了。横山君和部队上的人这么亲切友善地对待我们，实在是感激不尽。昨天，还觉得他们是一群胆小无谋靠不住的部队，心里边说了他们的坏话，想想真不应该啊。

一抬头，看着望不见尽头的大路，我的心情立即沉重起来。走到什么时候才能见到我的家人呢？究竟还能不能见到他们？途中走散的大姐夫和孩子们，他们都还好好地活着吗？他们现在在哪里呢？这些天来，只要一静下心，我的脑海里就全是这些胡思乱想，脑子越想越乱，突然就会冒出一个念头：死了算了。

偶尔我也从嫂子嘴里听到她自言自语说一句：

"活着受这般罪，真不如一死了之。"

不知不觉，我也悲观地产生了和嫂子一样的轻生念头。显然，嫂子也觉察到了我的心情。

"英子，想什么呀，快点吃饭吧。我们还要走路呢。总之，无论发生什么我们都要赶到牡丹江去。"

嫂子难得反过来劝慰和鼓励起我来了。

"说得对，只要能走到牡丹江，就一定能见到妈妈他们。"

我打起精神，调节好自己的情绪，抓起筷子大口大口把早饭吃下去。

3 嫂子的决断

托横山君的福，还有那些士兵的照顾，这一天，我们终于走到了林口。

可是，意外的是，这里的街道也是一片惨淡的样子，显然是遭到了敌机的轰炸，几乎所有的桥梁和铁路的轨道都被炸断了，车站成了废墟。街上，几乎没有一处完整的房子，到处都在着火，城市被一团一团的黑色烟雾包裹着。

不知从哪里逃难过来的日本人，和我们迎面相遇，他们的人问我们：

"你们接下来要去哪里？"

"牡丹江。"

"哎，牡丹江？"

那人一怔，立即反问了一句。然后用悲哀的语调说：

"牡丹江已经去不了了。那里发生了更激烈的围歼战，现在，城里城外到处都是敌人的部队。你看，这些烟雾都是从牡丹江那边飘过来的。我们的部队战败了，全都撤退了。"

"那么，牡丹江城里的市民都怎么样了？"

"市民都往哈尔滨逃了，现在牡丹江城里到处是死人的尸体，死人比活人多。"

那人苦笑着转过身去：

"我劝你们还是去哈尔滨为好。"

旁边一个中年妇人听到我们的对话，急忙走过来确认：

"你这话从哪里听来的？"

"刚从牡丹江那边逃过来的人告诉我的。"

那位妇人好像不愿意相信似的，说道：

"一定是谣言，一定是煽动。我就是不信，我要去牡丹江，我要去找我的丈夫。"

说完，她一个人毅然决然地继续朝着牡丹江方向走去。

我也不希望那个人的话是真的，我更希望自己也像那位妇人一样，毫不犹豫地继续往牡丹江走。可是，如果现在的牡丹江果然如他所说，我的妈妈、姐姐和姐夫他们一定不会留在牡丹江，也许已经逃往哈尔滨了。我的心充满不安和牵挂，千辛万苦好不容易快要走到目的地了，结果居然是这样，真是让人悲哀又绝望。

"久保小姐，你也大概听说了吧？非常遗憾，牡丹江已经陷落了。我们的部队已经决定改变行军路线，接下来要往哈尔滨方向去。你们怎么打算的？"

横山君走来，告诉了我同样的消息。

"怎么打算呢？"

我也不知所措。很想和嫂子商量一下。

嫂子很固执地说：

"眼看就要走到牡丹江了，偏说是城市陷落，我宁愿相信那是谣传。英子，我们就去牡丹江。现在，要去牡丹江的人也不少，我们和他们一起去，总之，要亲眼看看才相信。"

大概，嫂子已经不愿意再走远路了，所以执意要去牡丹江，我听从了她的意见。我对一直热情的横山君说：

"我听嫂子的，决定陪她去牡丹江。这一路上，多亏了您的照顾。"

我和嫂子很郑重地向横山深深鞠了躬。

横山有些神情落寞地说：

"那么，好吧。我也是军中一员，跟随部队行动，身不由己呀。今后你们姐俩儿一路上就多加小心吧。"

我问横山：

"横山君，到了哈尔滨就能马上跟夫人和孩子们团聚了是吧？"

横山听了立即笑起来，脸上一副高兴的样子：

"是啊，可以和家人团聚了。不过，谁知道呢。"

说完，又叹一口气。

"那么，长话短说，咱们就此别过吧。"

横山笔直地挺起了身板儿，抬起右手，给我们敬了一个标准的军礼。

"敬礼。"

放下手，他一扭头转身就走开了。

我对着横山君的背影，大声喊道：

"打起精神，横山君。再见啦。"

横山扬起手臂挥一挥，头也不回，大踏步离开了。

走了很远了，突然听到横山君对着天空大喊一声：

"沙扬娜拉。"

他的洪亮的声音，在城市的废墟间发出回音。

从这一天开始，我再也没有见到过那位好心肠的横山，也没有听到过他的任何消息，不知是生是死。可是很多年过去了，心里一直不能忘记这位恩人，多想再一次见到他，向他表示谢意。

那天晚上，我们在林口住下，住在一个中国老乡家里。尽管我们身无分文，人家也不嫌弃。那家人真是特别热情，煮了香喷喷的玉米棒子招待我们，夜里还让我们睡在热乎乎的火炕上，我们觉得已经很久很久没有这么幸福地睡觉了。第二天，那一家中国老乡，担心我们挨饿，特意给我们蒸了一锅玉米面的馒头，说是带着在路上吃；感动得我眼泪都快要流出来了。

无论何时何地，哪里都有善良的人，哪里都有凶恶的人。兵荒马乱的"满洲"，既有对日本老百姓亲切的人，也有仇恨日本老百姓的人。反过来，日本人里面也是既有喜欢和中国人交朋友的人，也有仗势欺人对中国老百姓不怀好意的人。可是人心都是肉长的，我始终相信这个世界上永远是好人多。战争都是政治家们惹的祸，平民百姓永远想着的是和和气气别打仗，大家都过上好日子。

次日一早，带上老乡给的苞米面馒头，我们向着牡丹江方向出发了。刚走了两天的路，遇到了一支自南向北走来的部队。那些衣衫不整的士兵们吃惊地看着我们，问道：

"你们从哪边来的？"

我回答：

"安东。"

"啊，安东。你们这是打算去哪里？"

"去牡丹江，找我妈妈。"

"牡丹江？开什么玩笑，牡丹江那边连一个日本人也没有了。去了找死啊。"

"真的吗？"

"嗨，都这时候了，谁还给你开玩笑。我们刚从牡丹江的阵地上撤下来。"

我们这才真的相信，牡丹江果然是陷落了。那不是谣传。

"那么，牡丹江的日本人都去哪了？"

"全部撤往哈尔滨。所以，你们只能往哈尔滨方向去的。"

我和嫂子面面相觑，都唉声叹气的。嫂子说：

"哈尔滨。天啊，我是无论如何都走不到那里去的。"

我们站在路边，踌躇不前，我的后背上，小侄女正代被毒日头晒着，流着汗睡着了。这十几天里，这孩子眼看着瘦了一圈，腮帮子都瘪下去了。

"可怜的孩子，不幸遇到这个可恶的年代。"

我也只有埋头叹息。过了一会儿，我说：

"嫂子，实在是没法子，慢慢走吧，能走多久算多久。"

我走在前面，嫂子像是个丢了魂儿的人，面无表情，有气无力地迈动脚步，在我后边跟着。就在这条漫长的通往哈尔滨的泥泞道路上，我遇到了改变我人生命运轨迹的一个叫金子的人。那一天，金子看见背着孩子的我和大着肚子的嫂子，面带同情地过来打招呼说：

"哎呀，你们也真是够辛苦的啊。"

金子的年龄看起来和我差不多大，身边有一个中年妇女和两个十二三岁的男孩子。一问才知道，金子他们家是住在安东的实验"开拓团"的，因为没有来得及搭上最后一班撤退的火车，就只好步行往哈尔滨赶。金子介绍说，中年妇女是她妈妈，两个孩子是哥哥家的，哥哥应召入伍去了，孩子委托妹子给照看。

金子是一个很爽快而明朗的女孩，说话做事都不拖泥带水，反倒是她妈妈总是面孔阴沉沉的，跟她说话，也爱答不理的。金子解释说：

"我妈妈人不坏，就是脾气性格不讨人喜欢。你们别往心里去啊。"

我忙回答：

"没有的事，老人家一定是走路走累了，不想说话吧。"

金子笑着说：

"我和妈妈的性格不一样，心里藏不住话，有什么想说的就统统说出来，不说出来就憋得慌。"

这个金子姑娘和我的性格倒是很合得来。在这艰难苦行的路上，遇到一个很能说得来的谈话伙伴，也是意外的一件高兴事。

我和金子一边走一边嘻嘻哈哈聊着天，一转身，发现嫂子不见了，她被远远地落在后边。

我不好意思地说：

"我要停下来等一会儿我嫂子，要不，你们先走吧。"

金子说：

"没关系，我和你一起等吧。"

我连忙说：

"不行，我嫂子走路跟不上你们，会拖你们的后腿。我现在要去找找她。"

我沿着原路慌慌张张往回走，正代已经醒了，一看没有妈妈，就在我背上哭起来，喊着："要妈妈，要妈妈。"

我忽然有一种不祥之感，嫂子万一寻了短见……我的心立即扑通扑通跳起来，心跳的声音好像自己的耳朵都能听得见。

大约往回走了一百多米，忽然发现嫂子靠在路边一棵大树背后，手里拿着一根不知从哪里捡来的绳子。

"嫂子，你这是要干什么啊。"

我高喊一声，跑过去，心中庆幸，还好，及时赶到了。嫂子什么也没解释，可是我已经明白她的心思了。我坐在嫂子旁边，伤心地哭起来。嫂子有气无力地说：

"英子，对不起了，嫂子真是走不动呀。"

我看到嫂子好像连坐起来的力气也没有了似的。我生她气了，哭着说：

"嫂子，你要是死了，你的孩子怎么办？为了孩子你也要好好活下去。我们吃了那么多苦，走到现在，是为什么，你难道忘记了吗？打起精神，走起来，走啊。拜托了，嫂子。"

好说歹说，连哭带怒，嫂子终于慢慢站起身来。从我们身边经过的人，几乎都是和我们一样的老弱妇孺们，当兵的年轻人都远远地走到前边去了。

不知不觉，我们已经走到牡丹江边上了。坐在长满蒿草的河堤上休息，嫂子看着汩汩流动的江水，两眼发呆，自言自语道：

"一头扎进水里，人死了，就什么痛苦和烦恼也没有了。"

我真的担心嫂子投水自杀，跟在她身边，一步不敢远离。嫂子苦笑着说：

"英子，不用担心，我不死，快走吧。"

我说：

"我才不呢，你说话没信用。"

一只手挽住嫂子的胳膊，两个人并肩同行。默默走了一会儿，听见有人喊道：

"快看，江里有死人，那么多尸体啊……"

举目望去，从上游顺水飘过来一片一片的尸体，都是穿军装的日本兵。不知是自杀还是战死被丢进江里的。我的后背一阵发麻，走投无路的我们，说不定哪一天也会变成那个样子，顺水漂走，漂到谁也找不到的地方去了。

"嫂子，快点离开吧。"

走快了，嫂子跟不上，走慢了，就追不上金子和部队了。天色已近黄昏，周围也看不到一户人家。要是露宿野外，远离大部队的话，势单力孤的如我们这样的妇孺，连想一想都觉得害怕。

天一点点暗下来，越走越觉得心里孤单恐惧。天全黑下来的时候，我看到不远处有了数点灯亮。禁不住喊了一句：

"那边不是一个村落嘛。"

从我旁边走过的人也看到了，说：

"果然是村落，好大的一个村落。今晚有救啦。"

路上一阵欢声响起。大家的脚步不由得变得轻快了。

那个村子住着大约二三百户人家，有中国人也有朝鲜人，杂居在一起。我们找到一户中国人家，请人家留宿一晚。

看到我们狼狈的样子，这一家的男主人慌忙把我们让进屋里，然后吩咐他妻子赶紧生火做饭，还特意为我们做了一顿用高粱面包的饺子，盛在一个脸盆那么大的黑陶海碗里端过来。男主人微笑着用中国话劝我们：

"赶紧的，趁热吃，多吃点。"

这一家一共三口人，一对三十来岁的夫妻和一个刚刚会爬的孩子。夫妻俩都面善，一会儿往碗里夹饺子一会儿端茶水，我们好生感动。正代先吃饱了，和主人家的孩子一起很友好地在炕上玩耍。我和嫂子说了一些感谢的话，端起碗吃起来了。也许是饿过头了，我觉得那家人家做的饺子真是好吃极了。吃过饭不久我就开始犯困，困得眼皮都睁不开。嫂子看起来还是心思很重的样子，没有睡意，我心里知道，至少今晚住在好心人家里，嫂子是不会寻短见的，所以一百个放心地睡着了。

第二天一早，刚要起床，嫂子非常意外地告诉了我她的一个决断：

"英子妹妹，你好好听我说，虽然心里觉得害羞，感到难以启齿，但是我必须要告诉你我的打算。昨晚我一夜都没闭眼，一直在想这件事。从这里到哈尔滨路还很远，你瞧，我的脚肿得已经不能走路，还得麻烦你来背着正代。另外，我肚子里的孩子也快要生了，为生产准备的东西全部都丢在路上，一件不剩。正代眼瞅着一天天瘦下来，万一病了就……所以，就算你看不起我，我也要这么做了。晚上你睡着的时候，我和这家人商量过了，他们有个弟弟还没娶媳妇，我，决定跟这一家主人的弟弟结婚，一起过日子了。我并不是轻率做出决断，昨天晚上我前思后想想了一整夜。英子妹妹，你别生气。如果到了哈尔滨，见到妈妈她们，请一定替我好好解释一下啊，拜托啦。"

嫂子一口气把憋在心里的话都说出来，一边说一边哭，眼泪从脸颊流下来流到下巴，胸前的衣服都被眼泪浸湿了。我知道，无论我怎么劝，嫂子的决断都不会更改，看她脸上的表情，态度是非常认真的。

嫂子说的句句在理，残酷的现实就摆在眼前。我的心仿佛已经麻木了，连悲痛也没有。天可怜见，仅仅几天的时间，我们的命运就发生了这么巨大的变化。我已经不知道该怎么回答嫂子，一把抱住她，忍不住号啕大哭。

那对中国夫妇走进来，站在我们旁边，用中国话轻轻地说着什么。我听不懂中国话，觉得他们像是在安慰我。不一会儿，男主人的弟弟走进屋里，看见我哭，对我说了一些什么。嫂子翻译给我听，意思大概是：

"你也留下吧，陪你嫂子，我会照顾你的。"

我听了，使劲儿地摇头，那一刻，我想，就是死也不会留在这个陌生的地方。

这时候，我听见屋外远处，有人用日语在大声喊号令，正好有一支部队昨夜在村外宿营，好像现在正在准备开拔，恰好这是一个离开的机会。

嫂子是嫂子，我是我，各人有各人的选择，各人有各人的命运。这么一思量我也就冷静下来，我迫不及待地对嫂子说：

"嫂子，我要走了。跟上外边的队伍，一定能走到哈尔滨的。你自求多福，好好保重吧。"

说完，我就急急忙忙走出家门，循着发出号令的方向跑去。村落里唯一一条窄窄的街道上，日本难民和打散的士兵成群结队地走着。

嫂子是深思熟虑之后才做出的决断，她的想法也不是没道理的。我真的没有责怪嫂子的意思，不是为了女儿正代和肚子里的孩子，她怎么可能嫁给一个陌生的中国农民呢。一切为了孩子，于是经过一夜的反复考虑，她最终决定牺牲自己的人生。

但是，这多么让人感到悲哀啊，走在街上，我的眼泪泉水一般涌出来，用袖子擦都擦不过来，眼前一片模糊，连道路都分不清了。

现在，就剩下我一个人了，孤零零的。从家里出来时是八个人，走着走着就散了。举目看看路上，没有一张熟悉的面孔。

跟随着逃难的大部队，我也沿着铁道线往北走。一直到昨天为止都是背着小侄女正代走路，正代不在身边，走起路来身体轻松多了，但是却又好像突然找不到平衡感，心里是空空的，脚底下是软软的。这时候才觉得后悔，临别时没能好好看一眼在炕上睡觉的小侄女，也没有和嫂子说一些道别的话安慰她。匆匆忙忙脱门而去，嫂子一定认为我是生她的气了。可是，那种时候，我能怎么安慰嫂子呢？忽然，我意识到自己犯了一个大错误，我怎么忘记问一下那个村落的名字呢。将来，上哪里去寻找嫂子啊。我急切地问周围的人，可是，大家都摇头，谁也没有在意那个村落的名字。

有人说："这辈子也不一定再来那个地方了。"

有人说："到处都是村落，谁记得住。"

终于有一个人告诉我：

"那一带叫作四道河子。"

"真的叫四道河子吗？"

我执拗地确认。那人却反问道：

"你问那么清楚干什么？"

"因为……"

我心里清楚，绝对不能把嫂子嫁给当地人的事情说出来。要是让某些日本人知道了，说不定会产生可怕的后果；那些日本人一定会发怒，说不定要转回村里去把嫂子找回来。

那个时候，日本妇女嫁给中国人是一件很受人鄙夷的事，觉得有辱"大日本帝国"的尊严。常常听说，因为这样的事情发生，有的日本妇女遭到本国同胞的殴打、侮辱致死。所以，我必须把嫂子的事情隐瞒下来。于是撒了一个谎：

"因为那个村落的人特别亲切，受人一饭一宿的恩惠，我要记住那个村落的名字。"

众人听了，都点头称是。说：

"中国人里边也有很多对我们日本人友善的啊。"

队伍沿着铁路线正走着，突然一个急拐弯，朝着山里边走去。一打听，说这附近苏联兵很多，铁路沿线是他们警戒的重点，最好是避开走。

"开拓团"的人多数赶着马车，车上拉着老人和孩子，如果改变路线在山中行军就必须丢掉马车。有的妇女身边带着三四个孩子，前顾后盼走得十分踌躇。战争打到后来，男人们都被召集到部队去了，虽说是"开拓团"，可留下的尽是些妇女和孩子。

在山里走了一程。正前方有一股说不出来的臭味，顺着风飘过来。

"是什么啊？那么臭。"

"我要呕吐了，臭死人啦。"

"这个臭味，像是火葬场烧死尸的气味。像极了。"

人群喊喊喳喳，诧异地猜测着。

"这一片深山老林，谁会来这里烧尸体？"

众人说笑着。

可是，大家的推测不幸被言中了。前边就偏偏发生了这样的恐怖事情，委实令人难以置信。

"快走开吧，这里惨不忍睹。"

"他们这些当爹娘的简直不是人，是恶魔啊。"

前面传来一片骂声。我急忙跑过去看，只见一群人正围着一堆没有燃尽的木柴看着，恶臭伴着黑烟从那里发出来。我好奇地挤到人群里想看个清楚，胳膊却被一个士兵一把扯住。

"不要过去，不要过去，别看，别看。"

我听见一个士兵用气得发颤的声音说：

"他们的父母逃到哪里去了？要是让我找到一定杀了他们，让他们陪着孩子一起去鬼门关。"

从人们断断续续的谈话中我了解到，在木材堆里，有十几具婴儿的尸体，看样子也就是两三岁大小，是好多人家的孩子。估计是在逃难中，这些孩子变成了累赘，所以被集体杀害，堆在一起焚烧。父母也不是太自私，也许被逼无奈才下此毒手吧。但是，无辜的孩子们实在太可怜了。人们在愤怒和诅咒之后，都沉默了。有人擦眼泪，有人垂头叹息，目不忍睹悄然离去。

"可怜啊，可惜啊。"

"投错了胎，不该来到这个战乱的世道。"

突然，我脑子里掠过嫂子和正代的面孔，对比一下出现在身边的这一幕骇人的惨状，此时，我觉得嫂子的选择也许是非常正确的。

一路上，不时会遇到和父母家人走散的孩子，坐在路边哇哇大哭，但是没有人走过去安慰，更没有人把那孤苦伶仃的孩子一起带走，大家都自扫门前雪，能照顾好自己一家人已经算是万幸了。

那些孩子孤零零地被遗弃在那狼群出没的大山里，他们的命运可想而知。

士兵加难民组成的队伍在山中气喘吁吁地赶路，这样走了两天，也许是三天吧，为了躲避苏军的耳目，队伍一直在山中迂回穿梭，部队携带的粮食差不多要吃光了。我的决心已定，就算饿死我也要紧跟着队伍从山里走出去。

近千人的士兵和难民躺在岩石板和草坡上休息，每个人身体里的力气像是被抽空了似的，大家瘫倒在地，有的茫然地看着天空，有的紧闭着眼睛。这些人在想什么呢？也许都在想着家事，惦记着他们的父母，牵挂着妻儿老小和兄弟姊妹的事情吧。

在离我不远的地方，一位中年的指挥官正坐在地上休息，他五十多岁了，肤色黝黑，体格依然很健壮的样子。只见指挥官皱着眉头想了一会儿什么，就站起身把传令兵喊过来，说：

"前面的山路，越来越险恶，我们还要突破铁道线。马匹用不上了，全部杀掉，马肉烤熟当备用干粮。现在传令下去，各分队准备柴火。"

年轻的传令兵答一声："嗨。"飞跑而去。

不久各处传来宰杀马匹的枪声，烧烤马肉的木柴堆也燃烧起来。

这时候，从附近的什么地方传来一阵婴儿的奶声奶气的哭声，声音过于突然，让指挥官吃了一惊。他对我挥一挥手，说：

"姑娘，拜托你去那边看一下，问问发生了什么情况好吗？"

我立即站起来，学着传令兵的样子答了一声："嗨。"

循着婴儿的哭声找去。在不太远的一片灌木丛里，一个头发凌乱面色苍白的少妇，斜躺在一棵树干上，有气无力地抱着一个刚出生的孩子。

我凑过身去，对她说：

"大姐，赶在这时候生孩子，您实在是受苦了。听见孩子的哭声，长官说让我来看看，您有什么需要我帮忙的吗？"

我的声音很小，怯怯地、试探着问她。不知是极度疲劳还是过于悲伤，那个妇女嘴里似乎已经不能说话了，她缓缓地摇着头，眼泪顺着脸颊往下流。我也不知道该说些什么安慰的话，站在那里无所适从。

"夫人，孩子的衣服有吗？"

"我已经一无所有啦，什么都丢了。"

停了一会儿，她终于开口说话了。

我蹲在她身边，突然又想起我的嫂子，这时候，嫂子也已经把孩子生出来了吧。

我跑回去向指挥官如实汇报。

"是这样啊，的确很麻烦。"

指挥官听了我的话，犹豫了一下就把卫生兵叫来，拿给我一包棉纱和绷带，说：

"去，用这些，先把孩子包上。"

可是，当我匆忙跑回到那个少妇身边时，我发现，孩子已经悄无声息地在妈妈的怀里死掉了。难道是当妈妈的……我忽然害怕起来，不敢往下想，也没有说话。看到我的表情，那个少妇脸上堆起歉意，强打着精神说：

"真是抱歉了，大家都那么累，还让你一个人为我跑来跑去的。我给大家添麻烦了……请替我转告长官，替我说一声对不起了。"

我欲哭无泪，默默地看着那个已经断气的婴儿，她在妈妈的怀里，像是睡着了一样。她是一个健康的宝宝，她的声音那么洪亮，就在十几分钟以前，她哭着降临到这个人世，可是，还没来得及睁开眼看一看这个世界就离开了。比起那十几个被烧焦的孩子，这个婴儿死在妈妈的怀里，她应该是幸运的了。我还不知道，这个婴儿是男孩还是女孩，姑且把她当作一个可爱的女孩吧。

我又转身回去向指挥官汇报情况。指挥官长叹一声：

"悲哀。"

然后，他拍一下我的肩膀，说：

"你受累了。快坐下休息一下吧。"

不远处，士兵们正忙着把枪杀的马匹剥皮剔骨，切下来血淋淋的肉片架到火上烤，血的腥气和肉的香味以及木柴的熏烟混在一起，一阵阵刺激大家的嗅觉，大家都饿了。

"姑娘，你受累了，来，你也坐这边一起吃吧。吃饱肚子还要赶路。"

指挥官让一个士兵把一块烤得黑乎乎的马肉递到我手里。我的口水都快要流出来了，大口大口吃起来。是的，到了这个时候还在乎什么呢，只要能填饱肚子。

指挥官一边啃着马肉，一边断断续续和我说着话：

"吃剩下的马肉要好好装到口袋里，带着上路。我们的队伍人多，行动不便，反正是能走到哪里算哪里吧。不论遇到什么，都要先想着保命。你也不要愁眉不展的，只要跟着部队走，我相信一定能到哈尔滨。我也有一个女儿，在国内。她和你差不多年龄，一看到你我就想起自己的女儿了。"

看起来目光刚毅、表情冷峻的指挥官，原来还是一位温和的父亲，此时，我感到他就像一位父亲一样，眨巴着被烟火熏出眼泪的眼睛，在火上为自己的女儿烤马肉。

各处的火堆旁，年轻的士兵围在一起大口吃着马肉，互相说着家乡的事儿。如果没有战争，他们一定是在日本的什么地方做着自己喜欢的工作，或者陪在父母和家人身边快乐地生活着吧。

但是，残酷的现实不允许有太多时间让我们身心放松。刚吃过马肉，突然在我们的周围响起轰轰的爆炸声，空气中有刺鼻的硝烟味，炮弹掀起的泥土，把五六个战士的身体都埋上了。炮弹的弹片向四周嗖嗖地炸开，很多人还没来得及反应，不知道究竟发生了什么。

"卧倒，卧倒。"

一个战士在喊。我捂住耳朵，趴到地上一动不动。

"是敌人的山炮。"

"这里已经不行了，马上转移。"

士兵们在跑，我跟在士兵后边，跑到一棵大松树下隐蔽。

炮击告一段落，硝烟散尽，周围恢复了安静。刚才还在我旁边吃晚饭的士兵们，有一多半都被炸死了。

而且，让我感到亲切的指挥官也死了。刚才还兴致勃勃说着自己女儿的事，一下子就没了，实在是难以置信。

又一轮炮击开始了，炸弹落到松树附近，松树底下有两个士兵，半个身体卧倒在地，一点也不在乎的样子，居然兴致勃勃地说着什么，嘴里发出笑声。周围的炸弹好像与他们无关。这就是久经沙场的士兵的心态吧。一旁，我卧倒在地，听着轰隆隆的炮声，身子发抖如筛糠一般。

在他们眼里，我的样子好像很滑稽吧。

"哈哈哈……胆小鬼。没事儿，生死由命啊。"

"姑娘，受过军事训练吗？你的卧倒动作很标准啊。"

"现在的姑娘们，也都是训练有素的。"

士兵们笑起来。分明是在拿我取笑似的。我感到害羞，但是，随他们取笑好了，我还是要卧倒保命。炮弹尖叫着飞来，一落地就轰隆一声，地面像地震一样发抖。崩碎的土块将我从头到脚整个身子都埋住了。我扭动身子挣扎着。

士兵们又在取笑我，一个人说：

"姑娘别动，还是埋在土里安全啊。"

话音刚落，突然，一颗炮弹飞来，就在他们身边爆炸，一个人的身体一瞬间被炸飞，另一个人脖子上插进一块手掌大小的弹片，他半个脑袋都快要掉下来了，殷红的血汩汩地流淌，他再也不说话了，抱着枪靠在树根上。

突如其来的炮击停止了。我从土里爬出来，一看，周围一个活着的人也没有了。没有被炸死的人都逃到哪里去了？

死里逃生，算我侥幸。我跟跟跄跄地走着，不辨方向。炮声还能听得见，已经不往这边轰炸了。我在死人堆里这样深一脚浅一脚走着，已经没有恐惧，也没有思维、没有感觉，只知道自己还活着。

4 穿越铁路

不知过了多久，也忘记了今天是哪一天。清凉的月光把山峦照得如白昼一样明亮。我已经不记得要往哪里走，要去何地。仅仅是不停地迈着步子，一个人在山里如孤魂野鬼一般走着。

倏忽间想起，白天，先头部队曾经在山里击毙了一只老虎，既然有老虎，想必也会有熊瞎子，有野狼。可是，我已经不再感到害怕了，被野兽吃掉就吃掉好啦，反正我已经对活下去感到绝望了。

山间的灌木丛林里，一个人，没有勇气也没有怯懦，我只管走着。

终于找到了一条可以跑开汽车的大道。沿着这条蜿蜒起伏的大道，一路摔着跟头，我往山下走去。

屏住呼吸，侧耳倾听，听到有人在说话，极轻极细的人的语言。再走近些，听出那些人声分明说的是日语。忽然觉得有救了，我加快了脚步，追赶上一个逃难的群体。

借着月光望去，眼前聚集了很多难民，有一大部分是伤病员。好像久别重逢似的，我走过去和人家打招呼，用久违的日语问：

"这条路通往哪里？大家往哪里走呢？"

一个妇女对我说：

"哪里？你不知道吗？沿着这条路往下走，就是苏军的收容所啦。你没听见吗？刚才他们用扩音器在喊呢，说可以收容难民，让我们下山去。我们已经商量过了，现在就去收容所。已经有很多日本难民奔那里去了。"

我又问：

"真的吗？不会是骗局吧？"

看到我的反应，那个妇女又说：

"听说，去了收容所就可以把我们送回日本呢。就算是骗局也好，只要不杀我们，反正我已经受罪受够了。"

说完迈动步伐，好像更加坚定的样子朝着山下走去。

我止住脚步，站在那里想了一会儿。难道这么简单就成了苏军的俘虏了？不行，我不能这么轻易就向敌人投降，想好之后，我立即转回身往山上走去。

走到山顶，已经没有路了。无奈，穿过山谷，从一座山头走向另一座山头。也许，白天猛烈的炮火，使野兽们受到惊吓，都躲到深山里去了吧，一路上并没有遇到什么可怕的东西。

一气儿翻过两座山头之后，隐隐约约听见顺风传来的人声，停下来，仔细辨认了一下，听出是日语，心里顿时激动起来。赶快循声走过去。

冷不丁，我的突然出现倒把他们吓了一跳。

"谁？"

几个士兵一边大声叱问一边噼里啪啦拉枪栓，枪口对准我。这回倒把我吓着了。脱口而出的回答是：

"是我，是我。"

和并不认识的人说"是我",说也等于没说。因为惊吓,瞬间从嘴巴里迸出的语言,也就是这一句最简单的话了。

"是人是鬼?"

"我是人啊。"

对话变得非常奇怪了。

"哈哈哈,果然是人啊,拜托你不要那么吓唬人好不好。"

紧张的气氛化解了,士兵们收起枪放松地笑起来:

"黑咕隆咚的,这荒山野岭里,冷不丁突然冒出一个女子,吓得我以为遇到妖怪呢,刚才两腿发软,站都站不起来了。哈哈哈……"

奇怪的笑声,引起一个穿将校服配军刀的指挥官的注意,他走过来问:

"喂,发生了什么情况?"

士兵立即报告说:

"报告佐藤少尉,就在刚才,突然冒出来一个女孩。"

听完报告,这个叫佐藤的少尉把目光转向我,用非常严厉的口吻质问我:

"你从哪里来的?"

我犹豫了一下,回答道:

"安东。"

"嗯?安东?从那么远的地方来,这是要去哪里?"

"哈尔滨。"

"哦。当真能走到哈尔滨?"

一问一答,很无趣的口气。这时候,又有一个当官的人,听到我们交谈后走过来,看见我吃了一惊的样子。说:

"哎呀，一个女孩子呀，从这深山里一个人走来的吗？"

这个人的语气听起来觉得比较随和。他用鼓励的口气对我说：

"呵，你这小女子不一般。有胆量。"

然后，他命令其他人：

"大家在此稍作休息吧。"又对我也说：

"你也坐下来好好休息一下吧，究竟是怎么跑到这里来的？"

我坐下来，把自己的经历简明扼要向他说了一遍。这时候，东方的天空已经露出鱼肚白，在黎明的微光中，一个士兵看着我，突然感叹说：

"原来是一个姑娘家呀。"

他们有的惊叹，有的大笑。众人都盯着我的脸看，透过晨光，我发现周围大约有四十多个军人，而且看起来都很年轻，连佐藤指挥官也都是二十二三岁的年纪，自己忽然害羞起来。

语气非常随和的小队长是一位二十七八岁看起来很老练的人，他很愿意和我聊天，我也觉得和他说话很愉快。我告诉他，我来的路上，差点误入苏军的收容所，他装作很吃惊的样子：

"哎——我们是继续走啊，还是去收容所投降呢？你看人家一个小姑娘家，宁愿一个人往深山里跑也不当俘虏。我们如果去投降，岂不被人嘲笑死啊。"

士兵们也都说：

"我们还不至于束手就擒吧。"

小队长于是催促大家，说：

"那么，我们出发吧，向北走。等走到有水的地方再吃早饭吧。"

那个叫佐藤的年轻少尉对我说：

51

"你也和我们一起走吧。一个人的话，在山里会很麻烦的。"

小队长也说：

"是啊，一起走吧。都是日本人，要互相照应。"

队伍向北方前进，我夹在这一群年轻的士兵队伍里，迈开步子生怕被落下。这时候，旁边有一个士兵一脸很不耐烦的样子，说：

"胡闹。让一个小丫头跟着部队走，不是添乱子就是惹麻烦，谁让你随随便便跑到部队里的？"

听见这不怀好意的话，我回答说：

"是小队长允许我……"话还没说完，就被他顶回去：

"不要觉得一提小队长就那么有面子，他是个大好人，谁求他都不拒绝。你是老百姓，去，排到队伍最后边去。"

听到这样不留情面的话，我都快要哭出来了。到现在，还是第一次遇到那么冷漠的日本人。但是，我知道队伍里大部分士兵并不都是这样的人。

"喂——山根，你闭嘴吧，人家能走路，就让她跟在后边好啦，怪可怜的。"

别的士兵也都纷纷插嘴指责他，那个叫山根的士兵辩解说：

"我没有反对小队长的意思。就是担心我们的队伍都是年轻人，走得快，她跟不上，影响我们的行军。"

我立即回答说：

"请大家放心，我一定努力跟上大家，万一掉队，也绝对不给大家添麻烦的。"

因为心里有些生气，所以说话的声音有点大。没想到，山根回了一句更狠毒的话：

"哼，迟早你会在山里被狼叼走。"

"真无聊。"

其他士兵见他那么顽固，都不想搭理他了，大家闷头走路。在遇到这些年轻的士兵之前，我已经做好了死的心理准备。自己下定决心：宁死也不当苏军的俘虏。现在，和他们在一起，我忽然改变了想法，我还年轻，无论如何都要活下去。正是因为想活着，所以有了勇气，无论被人怎么讥讽，我都要紧跟队伍。

一个士兵走近我，半开玩笑似的对我说：

"悠着点走，要不然，走不动的时候没人会背着你走哟。"

众人都窃窃地笑起来了，气氛变得缓和了一点。我听出来这不是挖苦的话，我相信世上好心眼的人比坏蛋多。

从他们的聊天中我知道，这一支部队是驻守牡丹江的，八月九日和十日两天，他们在牡丹江城里和突袭的苏联红军发生过激战。一听说是从牡丹江来的，我就感到亲切，仿佛来自故乡的人。

"你们驻守在牡丹江什么地方？"

"怎么，那里有什么让你担心的人吗？"

"现在已经没有了。不过，我曾经在牡丹江住过。"

"是吗，没想到你还是牡丹江的人啊。住在哪里？"

"丹明街。"

"可是，你是牡丹江的人，为什么没有和大家一起去哈尔滨避难呢？"

一边走一边和士兵们聊天，大家好像很有兴致似的向我问这问那，我把从哥哥应召出征开始，发生在家里的事情一一讲出来。

这时候，佐藤少尉大声问了我一句：

"你是不是叫久保啊？"问完呵呵地笑起来了。

这回，轮到我吃惊并且纳闷儿了。

"你是不是叫久保？我说得没错吧？"

佐藤少尉很快活的样子，又笑起来。小队长在佐藤肩上推了一把，不解地责问：

"你这家伙，快说话，到底怎么回事？别自己在那里傻笑。"

佐藤止住笑，说：

"真是巧啊，真是巧啊。我有一个非常要好的同学，现在在航空部队，就是那个名字叫吹春的家伙。久保姑娘，吹春……你该知道了吧。"

他把脸转过来，又止不住笑起来：

"我说吹春，你不介意吧？真不好意思，你刚才说起的发生在家里的事情，以前，吹春也对我说过，所以，忽然就想到一定是你，可是，谁能料到居然在这里遇到你。你放心吧，跟着我们小队，一定能走到哈尔滨。"

我总算知道了事情的原委，顿时羞得脸上滚烫。但是心里忽然觉得踏实了，遇到值得信赖的人。我对佐藤少尉低头鞠了一个躬说：

"以后就请您多关照啦。"

小队长也对我说：

"原来如此啊，那么，我们必须要带上久保姑娘赶路啦，要不然，让佐藤他怎么对得起战友呢。"

佐藤说：

"久保姑娘在家排行老幺对吧，听说你是从小在家娇生惯养，一个人能从安东走到这里，实在是了不得。"

"可是，这一路上有好几次实在是不想活了。结果，还是爱惜生命没有下定决心寻死。"

佐藤看来很有同感，说：

"想死的念头谁都有过。不过，我们必须要活下来，要活着回到祖国去。要是这么悄无声息地死在异国他乡，实在是太遗憾了。战争已经不会太久，无论胜败都和我们没关系了，我们快要熬出头了。"

从山中行军，在通往哈尔滨方向的路上，必须要穿越一条横亘在山麓的铁道线。我们潜伏在铁路一侧的山中，一边与铁道线平行移动，一边窥探机会，趁苏联铁道守备军的防守出现空隙，从铁道线穿过。可是苏军的守卫森严，很难找到突破的时机。

山中行军就是为了避免和敌人遭遇。士兵们都很年轻，所以行军速度非常快，也许一般的群众真的赶不上他们。可是我也年轻，自己从小就是个假小子一样的女孩，和男孩子一样喜欢爬树、滑雪、滑冰。或许和这些关联吧，总算我没有在行军中掉队。

行军途中小憩时，士兵们会发一些牢骚，有意无意我也听到一些：

"这次我们输得好惨，真没想到。"

"东条英机喜欢打仗，让他自己去打好啦。"

"说不定，他成了战犯，等着审判呢。"

"这话要是叫宪兵听见，马上抓起来枪毙哟。"

"宪兵？都战败了，哪里还有他们？说不定他们早就化装成老百姓混在难民堆里跑了。"

"我要是遇到宪兵，一枪毙了他。"

"现在，已经不打仗了，回到日本我们都是老百姓了。不要杀来杀去的行吗？"

听见这些和我年龄差不多的士兵们的谈话，我在感到惊讶的同时，也觉得他们说得有道理。战争太可怕了，战争让人们互相残杀，互相仇恨，都变得没有人性了。

部队在等待突破铁道守卫的时机，可是，携带的粮食已经吃光了。我们必须去寻找一下附近的村落，找点吃的。不久，我们发现在山脚下有一个小小的中国村落。士兵分成几个小组走到村里去要粮食，我也跟在他们后边，敲开一家家农户的门。我们都不会说中国话，只能用手比画着说明来意。村里的人们虽然很害怕，但还是能理解我们的意思，在他们眼里我们就是一些可怜的穿军装的乞丐。好在他们看到我们只要吃的，并不扰民，心里就踏实了一点，拿出玉米面做的大饼子给我们充饥。

离开村落不到两公里，忽然听到铁道方向传来了机关枪的声音。小队长立即命令大家道：

"快跑，到树林里去隐蔽。"

听到命令，士兵们非常机敏地跑进路旁的树林并做好了迎战的准备。这个小队配有两挺机关枪，小队长命令机枪手说：

"射击。"

于是两挺机关枪朝着铁路方向，哒哒哒，扫射了一通。然后，听到小队长说：

"让他们知道，我们也有机关枪，有种就来。"

对方的枪声忽然停了。小队长也命令机枪手说：

"停止射击。吓唬一下他们就够了。"

枪声停止了，周围恢复了平静。士兵们显得有些得意。纷纷说：

"他们也害怕了。哈哈哈……"

"没想到机关枪这玩意，要紧的时候派上用场啦。"

这时候，令人讨厌的山根那家伙走到我身边，恶狠狠地说：

"这个女的穿的衣服太显眼，容易给敌人暴露目标。"

我装作没听见，故意不搭理他。他又说：

"穿这身衣服，一会儿过铁路的时候，一定会给我们带来麻烦的。"

一个士兵替我说话：

"人家穿的衣服是绿色的，卧倒在草丛里就像穿了迷彩服，甚至比我们的还安全。"

我很感激这个人，在心里默默说了一声：谢谢。其他人也都来解围，说：

"说得是，一点儿都不担心暴露。别看人家是女的，走起路来比我们还快。都是日本人，要懂得相互照顾才对。"

不知是委屈还是被大家的好意感动，我的鼻子一酸，眼泪很不争气地流出来了。小队长看见我在哭，就带着一种责备的语气问：

"怎么了？害怕了吗？"

我有些为难了，不知怎么向小队长解释好。被敌机扫射我没有害怕，遭到敌人的大炮轰炸我没有害怕，一个人在深山行走也没有害怕，如果真的害怕了，说不定我已经去苏军的收容所投降了。我虽然觉得委屈，但还是认为把山根欺负我的事情向小队长汇报是不合适的。如果说了，小队长一定会狠狠责骂山根，我不是一个多虑的人，但是不得不担心会遭到山根的报复，不单是我自己，连小队长也会被他怀恨在心。部队已经败了，军心涣散，何况还是在逃难途中，得罪了小人的话，说不定他会暗暗生出杀心来，这是非常危险的。我低头擦干眼泪选择了沉默。见我不说话，小队长有些不高兴，语带讽刺地说：

"呵，端起架子来了，以为是未来的将校太太？"

刚擦干的眼泪又流出来了，我呜呜地哭着跑到远处的树林里去了。这举动让小队长更加费解了，一时不知如何是好。这时候，佐藤少尉看见我，急忙走过来问：

"怎么啦，为什么哭了？"

佐藤追上我，我也不知该怎么解释。其实我和吹春的关系仅仅是双方家人默认，还没等到真正订婚约，他就去战场了。我以为知道我和吹春的关系的，只有妈妈、嫂子和五姐。没想到吹春那家伙连佐藤这样的同学都说出去了。佐藤问：

"这场合不是耍小孩子脾气的时候，究竟出了什么事，为什么和小队长闹别扭呢？"

这时候，有四五个士兵也追过来安慰我。

"小队长不知道你受委屈，所以误解你了。姑娘别生气了，跟我们一起走吧。"

被大家鼓励和劝慰，我也只好默不作声地跟在队伍后边。小队长放慢脚步等我走近，脸上带着一点歉意的表情，对我说：

"呵呵，没想到你这个小女孩家还那么有脾气，不简单。久保姑娘，刚才我的态度不好，别介意啦，情况我也都了解了。你也不要闷闷不乐的，等休息的时候我会好好批评山根那个家伙。"

我一把拉住小队长的胳膊，哀求似的说：

"请不要因为我训斥山根，我不希望给大家惹麻烦。我保证以后不论怎样都紧跟队伍，一直到哈尔滨。"

小队长沉默了一下，自言自语道：

"山根这家伙真是不可理喻啊，和一个女孩子过不去，脑子浑了。"

行军路上，有关山根的事，就到此为止了。

行军艰难，有时候白天走，有时候晚间走，走了多少天已经记不起来了。这一天，忽然遇到了另外一支部队，有一百多个士兵和二三十个难民。在难民的队列里，我居然又见到了那个性格乐观的金子姑娘。我跑过去和她打招呼：

"哈，没想到又遇到你了。好想你啊。"

"久保，你还好吗？"

部队休息的时候，我俩坐在路边互相拉着手聊起来。金子看起来依然精神，脸被太阳晒黑了，又瘦了许多，想必照顾着妈妈和孩子，一定操心不少。金子打量了一下周围，问道：

"你嫂子呢？"

被她一问，我也就原原本本把嫂子的事情都说出来了。金子听完，叹了一口气，非常同情地说：

"实在是可怜啊。但是走不动路，那也没办法了。"

"你现在是不是恨她？"

我很平静地说：

"我已经不恨她了，我恨战争。如果没有战争，就不会出现那么多悲剧。战争改变了我们的命运，让我们活得那么惨。"

金子若有所思，幽幽地说：

"战争。我们日本失败了……"

59

"听说就在这两三天，我们要突破铁道了。"

"好像是吧。不过，敌人的警备很紧，长官说很难找到突破的机会。"

"上次分开，我好后悔啊，久保，这次我一定要和你在一起。"

我说：

"好啊，这次我可以帮你照顾一下你妈妈和侄子们。"

没想到我们的谈话被山根听到了，他马上不耐烦地说：

"不可以，不可以。有你一个就已经够麻烦了，再加上这一家的老人和孩子，更麻烦了。不是我故意和你过不去，我们的队伍行军速度快，你们真的追不上。"

我回答说：

"别的不用你管，只要让我们跟着走就行。"

金子想了一下，说：

"还真是不行，我妈妈年龄也大，腿脚也不好，一定走不快，要是落到半路上就太可怕了。我们还是跟这边的部队吧，这里行动慢些，稍加努力就不至于掉队。久保啊，好不容易遇到一起了，还得分开，真是遗憾。"

我无奈地说：

"是啊，这真是遗憾，我这边的部队是从牡丹江过来的，都已经熟悉了。和他们一起是最合适的。"

队伍起身要出发了，匆匆一聚又要分别。

"金子，保重啊。"

"久保，你也要保重啊。"

我们各自回到原来的队伍里，挥挥手告别。毕竟我们这边的队伍速度快，不一会儿的工夫，就把金子他们远远地隔开了。因为是隐蔽行军，两支部队很快就消失在灌木林里看不见了。

为了寻找容易突破铁道防线的地点，部队又连续行军两三天，这期间有三个士兵因为生病走不动，途中落伍了。有人回头骂那些落伍的士兵：

"连女孩子都能跟着走，你们好意思磨蹭吗？"

骂人的人继续走路，落伍兵渐渐就被甩到后边了，既没人等他们也没人帮他们，任由他们拖着病体在深山里听天由命，要么等死，要么去做苏军的俘虏。我既不想死也不想当俘虏，所以只有拼命跟着队伍急行军。连士兵们都感到意外，一个人说：

"我一直担心那个姑娘会掉队，没想到走得比我还带劲了。"

不知谁问了一声：

"喂，今天是几号？"

"这事谁知道。几号？——管它呢。只要能填饱肚子活下来就行。"

"我们要走到什么时候啊，我们真的还能活着回日本吗？"

"如果日本回不去。还不如死掉算了。"

大家一边走，一边你一言我一语地说着。

突破铁道线的那天是个雨天。也许就是为了等雨天到来才决定突破铁路的。

小队长自言自语道：

"今晚，必须要从铁路线穿过去，天助我也。"

佐藤也说：

"嗯，铁路警备再严，这样的雨天也会有防守的漏洞吧，那帮家伙说不定在哪里避雨就不出来巡逻了。"

雨一直在下。谁都没有雨具，从头到脚所有人身上都被雨淋湿了。大家冒雨在山道上走，雨水顺着头发流进我的眼睛里，眼前一片模糊。因为冷，身子不住地打哆嗦，山路难行，一路上接二连三有人摔跤，摔倒了就默默爬起来继续前行。不知不觉走到一处山崖，有人从前边口耳相传下来一句话：

"多加小心，掉下去就没命了。"

速度慢下来，队伍开始攀登山崖，山崖下边有溪流，因为雨水大，流水声变得异常响亮骇人。我试着探头往山崖下看了一眼，立即感到头晕目眩，两腿发软。大家弯下身子抓住树根或者扒住岩石往上爬，人人都屏住呼吸，小心翼翼地移动着身子。我感到自己的心跳加速，拼命往上爬着，生怕一失手滑下去。无意间回头一看，身后只剩下两个人了。心里非常着急，再不努力眼看着就要掉队了，可是心里越是着急，两脚越是打滑，进度缓慢。

"啊——"的一声，从上边传来一声凄厉的惨叫。一个士兵一脚踏空，骨碌骨碌从山崖上滚下来。

"救命——救命——"他绝望地叫喊着。

可是没人敢伸手拉他一把，如果伸出援手，结果就是和他一起滚落山崖。不一会儿那个人滚到山崖底下，一下子悄无声息了。大家沉默了片刻，立即继续艰难前行。我的面前突兀着一块巨大的岩石，尝试爬了几下，一个人无论如何也爬不过去，正踌躇间，前边的一个士兵伸出手来，说：

"抓住我的手,我拉你。"然后又对我身后的一个人说:

"喂,老兄帮一下,你在下边推一把。"

尽管害羞,但是也顾不上了。一拉,一推,我的身子一下子就翻过岩石了。一翻过岩石,就听见佐藤的声音,他鼓励大家说:

"再加一把力,马上就要到山顶了。"

走在最前边的人已经爬到山顶了,坐在那里休息呢。佐藤见到我说:

"这么危险的山道,你能爬上来真了不起。刚才我还在担心你呢,你是最后一个吧。"

其他士兵也都过来,表扬我说:

"好样的,不简单。"

小队长大声问:

"刚才掉下山崖去的是谁?"

"是田中。"

有人恨恨地说:

"多次提醒过他,就是不注意。平时就是一个毛手毛脚的家伙。这样的人总要倒霉的。"

从山顶上往下看,隐约能看见远处的铁道线,铁路对面是宽阔的大平原,烟雨之中铺排着一些小小的村落人家。今日是何日?此地是何地?谁也不知道。

小队长下了命令:

"今晚,我们要穿过那一条铁道。全体人员现在好好休息,保存体力。"

说完,他自己也找了一块大石头坐下来。山顶上全是乱石,连一棵可以靠一靠的大树也没有。我坐在一块稍微平滑的小石块上休息。被雨淋的衣服是冰凉的，屁股下边的石头也是冰凉的，人坐下来休息，思维仿佛也停止了，脑子一片空白，唯一的真实感觉就是：又冷又饿。不知过了几个小时，恢复了意识，才发现天已经暗下来了。

"开始行动吧。"

小队长站起来，催促大家做准备。我暗暗地想，这时候要是有一碗热腾腾的稀粥喝下去该是多么幸福啊。这种欲望显然不合时宜，也过于奢侈。

雨，还在继续下着。

"走起来，走起来，活动身子就不冷了。"

小队长走在前头，半侧着身子往山下走。下山的路比较缓，但是走起来也有难度，要是一脚踩滑滚下去，会一气滚到山脚下。我也不顾什么姿势难看不难看了，半蹲下身子，双脚和屁股并用往下移动，这样走下山的路果然安全有效。

"这个方法不错啊。"

有人笑话，也有人模仿。一鼓作气，总算安全走到山下，周围全都黑下来了。前方一条小河挡住了去路，因为下了一天的雨，雨水汇集，河水骤增，不知深浅。要想过铁路，必须要蹚过这一条小河。于是，大家开始脱鞋挽裤腿。前边探路的士兵已经走进河里，慢慢往对岸移动。大家排成一条线从河里蹚过去，走到河流的中间，河水恰好到我的腰附近，人走在水里，身体发抖，牙齿不住地咯咯打战。

上了岸，眼前就是那条铁道了，黑黢黢地横亘在不远处，四周静悄悄的，看不到一个人影。小队长一挥手，大家三五人一组，缩着身子半蹲半爬，依次穿过铁道。等到我的时候，同小组的一个士兵悄声对我说：

"脚下走稳，弯腰，不要暴露目标。"

我在黑暗中睁大眼睛，心扑腾扑腾跳个不停，神经高度紧张。终于一鼓作气爬过铁道线。

一切安全，大家都松了一口气，再看看身上，每个人都成了泥人一样。大家都显得很兴奋，小声说着：

"突破成功了，成功了。"

我真想大声喊一句"万岁"。但是，必须忍住，因为说不定会从什么地方突然冒出苏军的巡逻兵。短暂的喜悦和小小的成就感藏在心里，黑暗中，部队迅速离开铁路，悄然向着北方的旷野急急而去。

5 山中行军

　　穿越铁路线以后，队伍一通急行军，大约走了二十多公里吧，小队长终于发出号令：

　　"现在，大概比较安全了，稍事休息一下吧。"

　　听到号令，众人立即就地或坐或卧瘫倒在地。雨已经停了，身上雨水加汗水，都湿透了，一停下脚步，寒气顿时袭来，冷得牙齿咯咯发响。不知谁说了一句：

　　"要是能烤一把火就好了。"

　　可是，此地尚为大平原，就算有一些洼地，但如果一点火，立即就会暴露目标，被苏军的铁道警卫部队发现，我们的行动岂不前功尽弃。大家只能忍着。一个人说：

　　"真奇怪啊，我的牙齿不听话了，一个劲儿咯咯响，你的呢？"

　　另一个人颇为气愤地回答说：

　　"废话，你没听见我也在发抖吗。这说明我们还活着。"

　　先前大家从敌人的眼皮子底下穿越铁道线，由于高度紧张，完全忘记了寒冷，现在松下一口气，身体的感觉立即苏醒了。我把双手抱

在胸前，让身体缩成一团，但是寒气无孔不入，浑身都冷得如同筛糠
一般。这时候旁边一个人用颤抖的声音说：

"哎呀，我冷得实在受不了了，刚才直接把小便尿在裤子里了，
裤裆里暖和了一小会儿，现在是不但冷而且骚。"

"开玩笑吧，呵呵，你好恶心啊。"

"真的。冷得受不了啊，只好试一试这个办法，反正裤子也是
湿的。"

这真是一个苦涩的幽默，然而众人都笑起来了，一瞬间，忘记了
寒冷。队伍一直以来是处于危机态势，每个人的神经都像紧绷的弓弦
一样，无意间一个笑话，让大家都感到放松。

但是，寒气依然咄咄逼人。一个士兵站起来，一边原地踏步一边
对小队长说：

"报告长官，实在太冷，我们还是走路吧，不然会冻病的。"

小队长也是冻得牙齿不停地打战，于是，大家站起身开始准备行军。

"集合。出发。要是怕冷就走快点吧，越走越暖和啊。"

小队长第一个站起来，走在队伍最前面。走了一程，慢慢感到身
体热乎一些，但是脚下泥泞路滑，不时有人摔跤，影响了行军速度。
不知走了多远，东方天色渐渐发亮，周围依然黑暗，目光所及不过几
米远，但是忽然听到了几声鸡叫。

"听，有鸡叫声。前面一定有村庄。"

队伍开始兴奋起来。

"快走，到村里去生火，烤干衣服。"

"再不烤火，就要冻死啦。"

"快变成人肉冰棍了。"

"混蛋，你这一根尿做的冰棍谁敢吃。哈哈。"

又惹来一阵笑声，走近村庄大家感到了希望，所以立即来了精神。

前面这个村庄有七八十户中国人家，我们悄悄走进村的时候，人家刚刚起床开门，正在准备生火做饭。突然间村子里出现一群衣衫褴褛的日本兵，把他们吓了一跳。有人带我们去找村长，村长是一个身材瘦高的老者，面目慈祥，下巴留着一撮山羊胡。通过翻译，我们向村长说明了来意，于是村长挨家挨户去通知村民给我们弄吃的，不一会儿拿来一箩筐玉米面和高粱面的馒头。村长用手比画着，让我们趁热吃。

我们找来几捆玉米秆的柴火，在村头生火，一边取暖一边吃饭。一个小个子士兵手里拿着黑乎乎的高粱面馒头一边啃一边痴痴地说：

"这馒头要是雪白的米饭团子该多好啊。"

旁边一个年龄稍大的士兵立即呛了他一句：

"别做梦了。现在，有点吃的就不错了。只要填饱肚子活下去比什么都好。"

声音很大，好像是故意说给所有人听。

终于吃了一顿饱饭。一吃饱，身体就暖和起来，接着就困意来袭，眼皮子都快睁不开了，真想躺下睡一觉。就在这时候，一个放哨的士兵飞快地跑过来：

"报告小队长，发现南边过来五六个苏联兵，只有一个带枪的，其余的拿着麻袋和竹筐，看样子是往村子里来的。"

大家一下子紧张起来。佐藤倒是很平静，他说：

"不要紧，估计是来村里向中国人买蔬菜什么的炊事兵。"

小队长点点头，说：

"嗯，大概他们还没有发现我们，佐藤你懂俄语，走，跟我一起去看看。"

其他人原地待命，只有小队长和佐藤两个人出村，迎着苏联兵走过去。那几个苏联兵想不到村子里会有日本军队，两个日军将校突然出现，把他们吓一跳，佐藤用俄语和他们交流了一会，一边说一边做着手势比画着什么，过了一会，几个苏联兵就老老实实地回去了。

不知谁说：

"为什么不杀了他们。"

"抓俘虏也可以，留着当人质。"

小队长回来，立即命令：

"集合，马上出发。"

我的困意，忽然间消失得无影无踪。大约走了一个多小时，后方传来噼里啪啦的枪声，听起来是机关枪的射击声。大家一阵惊惶。

佐藤说：

"看来那些家伙果然不守信用，回去后就报告了。"

小队长说：

"就算不报告，也会发现我们行军的脚印。不过现在他们已经追不上了。只能放一阵空枪吓唬吓唬人，也给自己壮一壮胆子罢了。"

说完，笑一笑，小心起见，他还是命令大家到附近的树林里隐蔽一下。枪声是毫无目标地胡乱射击，过一会儿就停止了，没有追过来的意思。看来小队长的判断是正确的。太阳出来了，天气变得温暖了，部队继续赶路。

"满洲"的冬天特别寒冷。可是一入秋，晚上立刻就有了冬天的寒意。夜里，尽管围着火堆睡觉还是多次被冻醒。士兵们两三人合盖一件军用毛毯，身体和身体靠得紧紧的相互取暖。可是我一个女子，在众多男人当中多少都要有些防范意识，想尽可能和他们拉开距离，一拉开距离就要远离火堆。佐藤分给我半块毛毯，我紧紧裹在身上，并把身体缩成一团。冷得受不了了就凑到火堆旁烤一会儿火，再躺下睡一会儿，如此反反复复。

夜很静，一丝风也没有，身边的草丛里，有小虫子们时断时续的鸣叫，远处，偶尔会传来几声枪响，但是，我心里很淡定，一点恐惧感也没有。

"快瞧，一轮满月，天上月亮好大好圆啊。"

不知是谁忽然兴奋地喊了一句，大家睡眼蒙眬地望着天上，果然，不知何时云开雾散，正中天一轮皎皎圆月，那么明亮，那么圣洁，那么楚楚动人。

一个人自言自语道：

"这一定是中秋的月亮吧，要是往年在家里，一家团聚，坐在院子里赏月，吃着红豆糕和香米团子，多么幸福啊。"

饥饿、寒冷、焦虑、恐惧，没日没夜一路艰难行军，大家都没有注意到月亮的存在和变化。此时皓月当空，格外打动人心，正如唐代李白的诗歌所言："举头望明月，低头思故乡。"故乡和亲人的事情一涌上心头，有人就睡不着了，坐起来低声聊起天来。

"诗歌里常常说，一看见月亮，就会突然间伤感起来，心里特别思念什么，家人或者恋人。"

"'今人不见古时月，今月曾经照古人。'多么美丽的诗句啊。"

我的心里也是怅怅的，想起父母和兄弟姐妹，想起遥远的北海道故乡和童年。我也不由得加入他们的谈话。我说：

"我家乡有一首歌里唱道："天上的月亮是一面镜子，可以映出在异乡的恋人的脸……'果然如此的话，在此时的月亮中就能看见我妈妈和姐姐了。"

我猜，每个人心里都是这么想的吧。小队长这时候插一句话，说：

"你们可净想好事。如果月亮当真变成一块镜子，全世界有多少人的脸都映照在里边，那时候你还能分得出谁是谁来？"

众人呵呵大笑起来。佐藤听见我的声音，走过来，问：

"久保姑娘，如果月亮当真是一面镜子，你最希望先看到谁的面孔呢？"

"我当然和大家伙一样的心情，想看到家人。"

"除了家人，应该还有特别想看的人吧，难道不是吗？哈哈。"

佐藤的心思我明白，我的脸羞红了，但是月光下没人会看到。我故意避开话题，和旁边一个士兵聊天：

"村田君，你的故乡是哪儿？"

村田还没来得及答话，佐藤就替他说了：

"九州的福冈呀，和吹春君一样。"

他还是想把我往吹春的事上引。我半开玩笑地说：

"谁问你啦，不要你回答。"

表情有些木讷的村田说：

"他说得没错儿，我就是福冈人啊。"

大家都笑了，另一个士兵对我说：

"久保姑娘，你要是问我的话，佐藤就接不上话茬儿了，我的

71

故乡在长崎啊。"

又是一阵笑声。

佐藤收敛了笑容，脸上表情认真起来。说：

"老实说，我还真是挺担心吹春那家伙的，不知他是不是还活着。不是开玩笑，如果他还活着，此时，也许和我们一样在看月亮吧，吹春的心里一定会想着你，为你担心呢。"

小队长不住地点头，也说：

"一定是那样的。我也想念远在日本的家人，担心得不得了。就算无奈，还是担心。"

万古犹存的满月，让这些仓皇逃命的士兵们变得心肠柔软，情绪忧伤起来了。平素一直冷漠甚至凶恶的面孔都收敛了，大家温和地说着故乡的事，轻轻打着拍子，悠悠地唱起怀旧的歌谣。

这期间，小队长发现佐藤不见了，过了一会儿，见佐藤回来，就问：

"你这家伙，招呼不打去哪里了？"

佐藤闷声发着牢骚：

"我去拉屎了。顿顿吃棒子面，吃完就肚子胀，屎也多。"

顿了一下，佐藤继续说：

"我告诉你们各位啊，拉屎离睡觉的地方远点不行吗？老子天天早上起来就踩一脚屎。要是不听话，别拦我，踢烂你屁股。"

佐藤认真的样子，让所有人都笑起来了。这是一个苦涩的幽默。放松的情绪告一段落，小队长和佐藤靠近火堆，展开军用地图，开始研究下一步的行动计划。

"形势看来愈加艰难了，首先是粮食的问题。还有这里，是通往哈尔滨的最后一座山头。"

根据佐藤的判断，高高耸立在我们眼前的那一座山，是长白山脉，越过这座山之后是开阔的平原地带。此前我们的行军可以依靠山间和树林进行掩护，行动基本上是隐蔽的。可是，翻过长白山脉，在一望无际的平原上行军，很容易就被敌人的搜索队发现目标，一旦遭遇，我们这个小队就完了。

小队长喊来一个叫六本木的士兵，此人名字很怪，是"开拓团"出身，他以前曾经来过这里，对这一带的地形很了解。三个人一起低头对着军用地图研究方案。突然，天际传来几声响雷，不一会儿就刮起了大风。

"老天爷，千万别下雨啊。"

小队长抬起头看看天。从西方的天空，翻滚着涌来大团的黑云，快速朝东部覆盖，明亮的满月转眼间就被浓稠的云彩遮挡，山峦和树木不一会儿全都消失在漆黑的夜色里，没了踪影。

风越刮越大，火堆借着风势卷起骇人的火舌，呼啦啦地响，火星子四处乱飞。

风势刚一减弱，密密麻麻的雨点子就噼里啪啦地落下来了。

"下雨啦。"

大家把毛毯撑到头顶，跑到树底下避雨。我也披起半片毛毯，往树底下躲避。

"满洲"地域，一进入晚秋的季节，经常会出现这样的暴风骤雨。雨越下越大，毛毯已经没有任何作用，全身湿透，人就像在河里游泳一样。四处没有雨淋不到的地方，大家只能傻站着忍受着冷雨浇头。熊熊火堆也被大雨浇灭了，火堆底部的炭灰隐隐约约，在薄暗中，冒着一股微弱的青烟。突如其来的骤雨过后，雨势渐弱，山间一片沙沙雨声。不知过了多久，在令人绝望的雨声中，夹杂着一声声类似孩子的呜呜哭声抑或犬吠。

那个叫六本木的士兵尖叫一声：

"有狼。"

佐藤说：

"狼来了，不用慌张，机枪扫射。"

六本木说：

"不可。太多了，子弹打光也没用。"

他用手指给佐藤看，我们的周围，放眼看到的都是狼群，飘忽闪烁着的，是幽灵一般的密密麻麻的狼眼的贼光，在雨中摇曳，不断地向我们悄悄靠近。

"估计有一百多只吧。"

"枪声根本吓不走它们。"

"这么近的距离，机关枪扫射也来不及了。"

狼在嚎叫，嚎叫就意味着它们在召唤伙伴，还会有更多的狼朝这边集结。也许，在我们刚才聊天赏月的时候，饥饿的狼群已经在远处嗅到了人的气味，它们意外地发现这一群美餐，流着口水，向我们包抄过来。

雨还在下着，狼眼发出的蓝光，森然可怖，在我们周围形成一个环状的包围圈，士兵们紧张起来，慌慌张张地拉动枪栓，哗啦哗啦，准备射击。

这时候，还是有经验的六本木比较冷静，他对我说：

"把你的毛毯拿过来，盖在火堆上边。"

然后，对另外一个人说："快把火堆燃起来，用力吹。"

我和六本木扯住毛毯的四角，搭出一个临时的篷子，蒙在奄奄一息的火堆上边，另一个士兵撅起屁股，往火堆里吹气。

六本木歪着头对那个人说：

"使劲吹，别让火灭了，野兽都怕火，看见火，它们就逃了。"

野兽怕火，这个常识谁都知道，可是，大家因为紧张，吓傻了，一时忘记了。

"没错的，只要一看见火光，狼就怕了。我怎么就想不到呢。"

小队长幡然醒悟似的，也跑过来帮忙，被雨水浇灭的火堆，在我们众人的努力下，一点点死灰复燃了。一堆火，两堆火，三堆火。万幸的是，在我们抢救火堆的时候，老天暗暗帮助，把雨停了下来。云端，圆圆的月亮探出头来，月光一洒，大地倏忽间明亮起来。

狼群的嗥叫声顿时停止了。

"看来，已经没事了。"

"狼群散开了。"

人群里发出一片欢声。

"急中生智，人比狼聪明啊。"

"刚才实在是万幸。要不然，早就入了狼嘴啦。"

有惊无险，算是一场虚惊吧，但是，大家的情绪还在亢奋当中。雨后的天空更加清澈，月光也显得格外皎洁。中秋的皓月，不知道是不是窥到了刚才发生的那惊险一幕。

次日一早，几个士兵为了准备早饭，到山下的小河边去提水。小队长又命令五六个士兵去离此地十几公里的村落里买一些粮食和盐巴，还特别嘱咐要生火用的火柴。部队的火柴被雨水淋湿已经不能用了。

过了不久，去打水的士兵回来了，他们向小队长报告说：

"报告长官，因为昨天的大雨，小河涨水了，水流湍急，看来过河有些困难。"

"是吗，让我去看看再说。"

小队长叫上佐藤，两个人去山下的小河边察看水情。这期间我当帮手和炊事兵一起准备早餐。所谓准备早餐，无非就是把从老乡家买来的老玉米，放火上烤，烤熟了分给大家吃，一人三个。玉米还没烤熟，他们两个就回来了。

"哎呀，河里涨了好多水，看来过河有些麻烦。"

小队长说完，一屁股坐地上，拿起烤熟的玉米大口啃着吃起来。大家也都开始吃早餐。早餐都吃过了，那几个派出去找粮食的士兵还没回来。小队长有些担心地说：

"咋还不回来呢，别是遇到什么意外吧？"

正担心着，他们回来了，还带回来两个中国老乡。会说中国话的士兵把他俩围住，用中国话交谈着什么，我一句也听不懂，不知他们在说什么。佐藤也听不懂中国话，就拍着一个士兵的肩膀问：

"喂，他们在说什么？"

士兵翻译了谈话的内容，说，大概十天前，这两个中国老乡看到有一支三十多人的义勇军小部队从这座山翻过去，向哈尔滨方向撤退了。山里一定有他们走过的路痕。听完他们的交谈，小队长忽然面露难色，他对佐藤说：

"中国老乡说，穿过这座山，最少需要三天时间。山里既没吃的也没喝的。现在，我们的给养最多维持一天半。有盐有火柴，可是没水啊。"

部队开始出发了，九点之前赶到山下的河边集结。还没看见河就远远听见河水发出哗啦啦的声响，是急流在河床里翻滚的声音。走近一看，不过十几米宽的河面上，浑浊的河水汹涌翻滚。

"谁先下去，试试水深。"

小队长话音刚落，一个瘦瘦高高的士兵，立即脱掉鞋子和衣服顶在头上，扑通扑通走进河水。走到河当中，他回过头来向小队长报告说：

"长官，水流很急，可是河水并没有那么深。"

的确，河水的深度仅仅在他的腰部。

"继续往前走，到对岸等我们吧。"

"是，长官。"

又走了一会，河水抵达那个士兵的胸部。士兵上了岸，向对岸的人大声说：

"最深的地方，到我这儿。"

他把一只手臂横在胸前，做着手势，解释着。

"水深安全。但是，河水好凉啊。"

说着慌忙穿上衣服。这边岸上，大家都在脱鞋子脱衣服准备渡河。小队长一边脱衣服一边回头对大家说：

"水深没问题，就是水流太急，大家注意脚下，不要滑倒。"

说完，带头走下河去。众人紧随他身后纷纷入水排成一条线。我一向性格比较泼辣，有时候还被家人讥笑为假小子，可偏偏就是游泳不行，从小怕水。现在，事到临头，什么也不顾了。我脱下鞋子，穿着衣服就跟在队伍后边，一咬牙，踏进河里。

刚才已经看到了，河中间并不是河流最深的地方。走到河中间的时候，河水已经到了我的胸部，我的个头矮，越往前走越感到吃力，河水淹到脖子的时候，我感到害怕了。脚尖一踮起来身子发飘容易被水流冲倒，不踮脚尖，河水眼看要呛到嘴里。前进也不是，后退也不是，正不知所措的时候，小队长发现我的窘迫。

"久保姑娘，别动，站稳了。"

他大声喊了一个叫矢野的士兵。矢野就是那个第一个下水探路的士兵，应该是水性最好的。矢野听到命令，立即脱下衣服，扑腾一声跳下水，双手划水向我快速游过来。矢野命令似的说：

"把手伸过来，抓住我的手。"

我抓住他的手，被他往上一提，身子立即轻飘飘地浮出水面，我紧紧攥住他的手，开始的时候，心里还有点对年轻异性的羞涩感觉，但是一瞬间羞涩就被逃生的欲望弥盖。在矢野的帮助下，我总算顺利地走到对岸。

我向矢野道谢，矢野反倒害羞起来，说：

"举手之劳，不值一谢。"

山根却走过来，一脸坏笑地说：

"要是被河水冲走，倒好了，省得再给部队添麻烦。"

矢野一挥拳头，愤愤地说：

"你闭嘴，说出这样的话，你还算是日本人吗？"

渡河完成后，小队长简单地开了一个会：

"现在开始，我们要进行急行军，穿越眼前的这座山。听中国老百姓说，走快了的话需要三天时间，走慢了的话需要四天时间。可是我们的粮食给养不够，所以务必两天内突破这座山。山上的岩石多，大家注意脚下，不要受伤。出发吧。"

山路行军，尽管已经有了心理准备。但是，这一次乃是我们至今没有经历过的艰难历程。虽说十几天前有一支部队走过这里，但是他们开辟的道路无非是一条粗糙的羊肠小径，实在是难走。

"不好，道路是没有了。"

走在最前头、负责探路的人，途中一次次停下来在草丛里找路，一边找一边走，走一走停一停。一会儿从山坡上下到谷底，一会儿又从谷底爬到山坡。队伍里的人多次被岩石和灌木丛绊倒，腿上流出血来。运气最坏的要数脚踝扭伤的人了，开始他们拖着一条腿，艰难地跟上队伍，渐渐地就被落到后边，以至于看不见影子，彻底掉队。即使有心要帮助他们，可是谁也没有力气背起他们行军，每个人能自保就万幸了。这就是无情的战场，悲惨的现实。

为了节省粮食，也为了节省时间，部队一日两餐，主食就吃苞米面的窝头，夜里也要借着月光急行军，因为视线不好，每个人的手臂和小腿都被石头和树枝刮破，血淋淋的，忍着疼痛，大家依然是马不停蹄地行军。每个人的心里都明白，一旦掉队，后果就是被狼群吃掉。昨晚的恐惧，谁都不会忘记。我的全部神经都集中到脚底下，小心翼翼并且快速迈动步子。

正走着，脚底下噗的一声，腾起一团绿莹莹的光点。

"哎呀，这是什么东西？发光。"

黑暗中，好像是佐藤，回答了一句：

"那是鬼火呀。飞起来了，在久保姑娘的背后也有，跟着你一起走着呢，要注意哟。"

我回头一看，果然有一片密密麻麻的绿光的斑点。我惊恐地问：

"难道是人骨的磷火吗？"

"没错，那就是从死人的骨头里发出来的鬼火。"

大家半开玩笑地告诉我。小队长认真地说：

"那是腐烂的木头发出来的东西。有一种腐烂的木头在黑暗中就会发出绿光。"

细想一下，在这样的深山老林里，怎么可能会有那么多人的骨头呢。我从地上捡起一捧"鬼火"一看，果然是一块腐烂的树皮。

"要是一个人，看见这么多怪东西，一定会吓瘫了。"

佐藤半开玩笑地说：

"要是久保姑娘的话，一定不会害怕。她胆量比男人还大。"

"发光的朽木我当然不怕，但是我怕狼。"

小队长也好像忽然想起昨晚的那一幕，自语道：

"那么多狼，太吓人了。大家都捡了一条命。"

众人纷纷说起昨晚的事情，一边说着一边走，但是脚下的步行速度丝毫不减。也许是年轻，也许是平素训练习惯了。我来不及插话，气喘吁吁紧跟着队伍只管低头匆匆走路。

"一天都没有看到水啊。"

"你就那么口渴吗？"

"再渴也只能忍着。"

"要是实在忍不住了，可以摘几片山葡萄的叶子放嘴里。"

一路上都是口渴的话。佐藤对小队长建议说：

"还是休息一下吧，赶得太快，恐怕明天就走不动了。"

于是，队伍决定小憩一下。小队长命令大家：

"找些干柴草点上火堆，大家小睡一会儿。"

山间枯木很多，不一会儿就找来许多。火堆一燃起来，就不用担心有狼来偷袭了。大家围在火堆旁，打盹儿。走路一天半，都累了。我往地上一躺，没过一分钟就睡着了。

仿佛刚睡着就听见哨兵喊：

"起来啦，起来啦。"

擦擦眼睛，已经是黎明了。在半睡半醒的状态下往嘴里塞了几口苞米面的窝头，出发的号令就来了。路上，有人开玩笑说：

"今天好便利啊，早上起来不用洗脸了。"

大家笑了，另一个人说：

"不用担心，路上走一会儿就出汗了，汗水洗脸更方便啊。"

都是会开玩笑的人。队伍里人人都懂幽默似的。

令人气馁的行军从一大早就开始了。赶早走路是正确的选择，九点以后气温就热起来了，真不是开玩笑，脸上淌下来的汗水，到了可以洗脸的程度。口渴加乏力，谁都懒得说话，垂下头兀自前行。

"热死人啦。"

小队长抬头看天，秋日的天空，万里无云，一片湛蓝。佐藤也不住地擦汗，说：

"出那么多汗，体内水分不保，会渴死人的。"

有人给他一片山葡萄的叶子，他犹豫了一下放进嘴里。叶子有点酸，但是可以缓解口渴时的焦虑感觉。中国北方的高山上，自生自灭的野葡萄，此时帮助了我们。

山葡萄可以缓解口渴，但是，肚子饿，咕噜咕噜一直响。正走着，发现脚下一个像小桃子一样的青果儿，我弯腰捡起来，放进嘴里一咬，硬邦邦的，很涩。

"这是什么东西？能不能吃呀？"

旁边的士兵看到我手里的青果儿，不禁笑了。

"那是核桃呀，你不认识吗？要吃也得去掉壳，吃里边的核桃仁呀。"

经他一说，我才觉得不好意思了。可能是饿得发慌了，捡到能吃的东西，想都不想就往嘴里放。

饥渴令行军速度逐渐减慢下来。这时候，佐藤用手一指前方的一棵树，问道：

"快看，那是什么？"

一棵大树，上面挂满红彤彤的像樱桃一样的小果子。从"开拓团"来的六本木说：

"那果子可以吃，酸酸的，甜甜的。不过吃多了会呕吐的。"

一听说可以吃，大家立即集结到树下，仰头看那些可爱的小红果。小队长有点担心地问：

"真的不会中毒吗？"

佐藤说：

"饿都饿死了，顾不了那么多了。"

佐藤是第一个吃果子的人，大家等着看他的反应。他吃了几颗，点点头，说：

"好吃。樱桃的味道。"

听说好吃，大家纷纷采摘果子，不一会儿，满树的果子一颗也没剩下，被众人吃得溜光。

最初，预定用两天时间穿越大山，可是到了第三天我们还没有从山里走出来。到了第四天，仅仅是饥渴就已经拖垮了队伍，士兵的身体歪歪斜斜的，已经走不成队形了。走上二三百米就坐下休息一会儿，再努力起身，艰难地迈开步子；长官没有下达休息的命令，大家也都忍不住停下来歇息，身体已经不听指挥了。

　　早上，大家寻找树叶上凝结的露水，用舌头舔着喝。可是无情的太阳一升起来，露水转眼就蒸发了。每个人的嘴唇都干裂得一层一层剥落，渗出血来。大家几乎已经没有走的力气，也没有说话的力气了，都垂头沉默着。

　　我背靠一块石头坐在地上，闭着眼睛。不久就做了一个梦，梦里看到好多好多美味佳肴，我像一头小猪一样拼命吃着，可是，不论怎么吃还是吃不饱，我一个劲儿吃一个劲儿着急。眼一睁开，回到令人绝望的现实中，梦里的美食转眼成空。

　　看见我苦笑，一个人问我：

　　"快要饿死了，你还有什么觉得奇怪的？"

　　我说：

　　"真是不巧，做了一个美食的梦。"

　　说完，还想回忆一下梦中的食物，可是在梦里吃到什么看到什么全都瞬间忘记了。

　　别的士兵带点羡慕的神情说：

　　"久保姑娘你真幸运，在梦里还能享受一顿饱餐。"

　　佐藤叹息一声，悲哀地说：

　　"太遗憾了。我今日要死在这里了，难道我的人生，仅仅二十五岁就完蛋了吗？"

　　小队长靠近佐藤，说：

　　"喂，佐藤。你看这样行不行，今天，如果要是找不到吃的，我们就靠在一起用手榴弹自杀，你说呢？"

　　佐藤说：

　　"好主意，我同意。"

然后，佐藤问了一下其他人：

"喂，你们觉得这个主意好不好，与其慢慢饿死还不如自行了断舒服些。"

其他士兵都说：

"赞成。"

小队长慢慢爬起来，说：

"既然赞成，就别这样躺着不动了，一直躺着食物是不会自己跑到你们嘴巴里来的。都起来，天黑之前，继续行军。"

小队长催促大家，于是大家纷纷起身，迈开好似灌了铅的双腿，走走歇歇，再走走，好像每往前迈一步就更加接近死亡。

要是早知道这三天的行军痛苦，还不如被河水冲走，一死了之算了。三天的缺水断粮和疲惫，我已经没有活下去的勇气了。

眼前像幻觉一样，母亲、哥哥、姐姐的面孔不时浮现出来。如果死在这里，母亲永远也找不到我了，我活活饿死在一个无人知晓的荒山，多么悲哀啊。我恍惚间仿佛看到了自己的肉体被一颗手榴弹轰隆一声炸开，血肉横飞。

我恨战争，恨东条英机……

忽然，一个熟悉的面孔浮现在脑海里，是吹春君的脸，微笑着透出青春的气息。那时候，吹春的部队驻守在安东，只要一有假日，他就来我哥哥家找我，两个人在一起有说不完的话。就在一个月前，他来向我告别，因为部队突然接到命令，决定向奉天转移。我记得吹春君劝告我说：

"苏联方面情况不妙，你还是尽快回牡丹江那边安全。"

我回答说：

"快要分娩的嫂子需要照顾，哥哥家里的事情还没处理好，一时半会儿还走不了。"

吹春君说：

"我很担心你，万一发生了什么，也没有一个可以依赖的人。不如你和我一起走吧，跟我去奉天。"

我执拗地说：

"不可以的。我们还没有结婚，这样就走了算是私奔，会遭人笑话的。"

吹春君一副无奈的表情，说：

"那好吧，你就自己多保重。"

我忧伤地说：

"你也要多保重。一定要活着。只要活着，我们还会见面的。"

吹春君对着我敬了一个军礼，转身走了。我看见他的眼睛有些湿润了，为了怕我看见他的眼泪，他头也不回地离开了。这是我最后一次见到吹春君。现在突然想到他，心里就特别渴望还能活下去，再见一面那个未来的夫君。想到自己才二十岁，人生就在今晚终结，不禁悲从中来。

大约三点钟左右，突然，一个士兵惊讶地喊了一声：

"哎呀，莫不是我们快要走出大山了。"

大家拖着沉重的身体，都在低头走路，谁也没注意看前边的山路变化。他一提醒，才发现，眼前的树木变少了，山坡也显得平缓多了。

大家都兴奋了，仿佛已经看到了活下去的希望。佐藤一脸喜悦地招呼大家：

"再往下走走就应该有庄稼地了，诸君加油。"

远处，传来几声犬吠。听到狗的叫声，大家更加兴奋了。

"终于死不了啦。"

"终于有救了。"

"掐一下我的胳膊，疼啊，不是在做梦啊。"

这三天以来从未有过的喜悦在人群里蔓延，大家高兴地谈笑着。正如佐藤所料，不久，走在前头的士兵们发现了成片的庄稼地。有玉米地，有南瓜地，还有萝卜地。大家一哄跑过去，南瓜和玉米直接生吃，拔出白里透青的大萝卜，带着泥，要洗也没水，用萝卜叶子或杂草胡乱擦一擦就啃起来。

我拔出一根萝卜，用袖子擦一擦泥，大口吃起来。觉得萝卜那么甜那么脆，那是世界上最好吃的萝卜。太好了，死不了啦，我一边吃一边高兴地哭起来。

转动脖子看看周围，大家和我一样，都在吃着哭着，是高兴啊，从死亡的深渊里逃命出来，能不高兴吗。但是每一张神情古怪的脸上都没有笑容，极度喜悦的心情，已经让人不会笑了，只能是喜极而泣。

小队长下达命令：

"好啦，不要吃了。我们去找一找村落。"

集合部队，朝着犬吠的方向出发。

6　无条件投降

　　那是一个朝鲜人居住的小小村落，我们的突然到来，让村里人都大吃一惊。他们把懂日语的人叫来和我们说话。

　　"你们从哪里来的？"

　　朝鲜人翻译很客气地询问。小队长也很客气地回答：

　　"从牡丹江来。"

　　"现在要去哪里？"

　　"我们要去哈尔滨，到那里接受命令。"

　　"命令？什么命令？日本已经投降了呀，你们还不知道吗？"

　　听到他说日本投降的事，我们还以为听错了。的确，战局对我们非常不利，到处传来失败的消息，整个"满洲"如今到处都有日本军人在溃逃。可是，听说我们的祖国——日本投降了，大家谁也不相信，因为满脑子里灌输的都是"神州不灭"呀，"本土决战"之类的信条。

　　"难以置信。"

　　"什么？"

　　"真的吗？"

"撒谎吧。"

人们七嘴八舌，纷纷议论开了。那个朝鲜人翻译很诚实地说：

"日本真的投降了，我没有骗你们。八月十四日，你们的天皇已经向全世界宣布投降诏书了。台湾地区、朝鲜那些地方都已经归还人家本国人了。我还听说，美国兵已经占领了你们的国家。"

"你是从哪里听来的消息？"

"你们如果不相信我的话，可以去问问你们自己的同胞，离这里二十多公里，有一个日本的'开拓团'，你们去那里问问吧。"

真假难辨的投降消息实在是令人震惊，但是，听说附近有日本人的"开拓团"，心里还是有些高兴。已经很久没有遇到日本人了。总之，先去找一找自己的同胞，向他们打听一下消息的真实性。

有些急性子的人说：

"我们快点去'开拓团'吧。"

朝鲜人翻译非常友好地说：

"不用那么着急吧。看你们的样子已经很疲惫了，我让村里人准备些饭，吃完再走不迟。"

不一会儿，村里人送来了水和香烟，招待大家歇息。水是刚从井里提上来的凉水，我喝了一大瓢，感觉又甜又解渴。真是俗语所言："饿极了吃什么都香，渴极了喝什么都甜。"大家围住水桶，咕咚咕咚喝水。

"三四天没看见水是什么样子了。"

"我喝了一肚子水，一走路呼噜呼噜响。"

"水都到我嗓子眼了，一低头就吐出来了。"

"你们真没出息啊，肚子里全是水，怎么吃饭呀，雪白的大米饭啊。"

听说是大米饭，士兵们立即嚷嚷起来了。

"喂，当真是米饭？白米饭？"

"我看见了，几个女人在井边淘米呢。雪白的大米。"

"别自作多情了，人家说不定是自己吃，不见得会招待我们，我们已经是战败国的军人了。"

"说的是啊。谁还看得起我们这些残兵败将。"

令人直流口水的白米饭，也许真是可怜的幻想罢了，我们又无奈地返回到战败的现实中来，大家一时无语，都颓丧着脸。

可是，村里人果真善良厚道，居然做了米饭送来。香喷喷的、刚出锅的白米饭。

"哎呀，果真是米饭啊。"

刚才还在沮丧的士兵们，瞬间就忘掉了战败的苦恼，眼睛盯住米饭，口水都快要流出来了。

大家握着米饭团子，无比激动地吃着。

"久违了，好香的米饭。"

"死也值了。横竖都是战败了，活着也没什么意思了。"

我们贪婪的吃相引来一群朝鲜小孩儿来围观，他们用一种奇怪的眼神看着我们这些又脏又臭，像要饭的叫花子一样的队伍。

吃完饭，差不多已经四点多了，小队长命令我们列队，向村里人鞠躬道谢。小队长代表大家说：

"诸位，今天非常感谢你们。你们这样热情好客，我们感激一辈子。"

朝鲜人翻译说：

"粗茶淡饭，照顾不周别见怪啊。别人落难，帮一把，是我们村里人的老规矩。"

部队出发，走到村口时，小队长摘下军帽，向村子方向深鞠一躬，再一次表示谢意。这时候，那个朝鲜人翻译匆匆赶来，对小队长说：

"有件事我忘了提醒你们啦，在你们去'开拓团'的路上，要经过一片芦草席搭建的工房区，那里现在还住着一些中国人，都是以前被日本人雇佣的劳工，受了日本人欺负，现在特别恨日本人。你们经过那里要十分小心。"

小队长说：

"我们手里有枪，估计他们还不敢对我们怎么样。"

朝鲜人翻译说：

"还是小心为好。现在的世道，什么都乱哄哄的。"

说完，和我们挥手道别，转身回去。士兵们感慨说，村子里的人真好，遇到他们是我们好运。小队长也说：

"真想让大家在这个村子里住一宿，可是现在出现了意想不到的局面，还是早早到'开拓团'去为好。总之，必须确认一下消息。诸位，打起精神来，今晚还要夜行军呢。"

佐藤听了小队长的话，长长地叹一口气。说：

"看来投降不是谣传，恐怕就是真的。"

其他士兵也都七嘴八舌地说起来。

"真的投降了吗？"

"我们这些天受的苦，难道都是白折腾了？"

想起来一路上的遭遇，大家的心里五味杂陈，脚步也变得沉重了。天上乌云翻滚，不久，下起雨来，道路泥泞难行。

我的鞋子不知什么时候把半个鞋底走掉了，泥水挤进来，走起路来，滑滑的使不上劲儿，一使劲儿就是一个趔趄。这样下去就会掉队的。索性我就脱掉鞋子，光脚走路。没承想，路上多是带角带棱儿的小石子儿，光脚踩上去疼得我龇牙咧嘴。

"久保姑娘，看你走路跟喝醉酒一样。怎么啦？"

天已经暗下来，那个士兵没有看见我在赤脚走路，因此和我开玩笑。我也不回答，吃力地走着。他见我不答话，继续说：

"是不是听说日本投降，心里受刺激啦？连话都不说。"

三四个士兵从我旁边走过，鼓励我说：

"别泄气，到了'开拓团'就安心了。"

"九九八十一难都过去了，再接再厉吧。"

听到大家的鼓励，我心里感动，可是脚不听话，一半是因为脚疼，一半是自己生自己的气，眼泪不知不觉流出来了。

"你怎么哭了呢？"

一个人听见我抽噎，凑过头来看我的脸。

"你的鞋子哪去了？怎么光着脚啊？光脚可不能走路。喂，我说，谁有多余的鞋子给久保姑娘用一下？"

士兵们互相传着话：

"谁有多余的鞋子吗？"

走在前边的佐藤听见后，急忙跑过来，批评我说：

"鞋子破了，为什么不说一声。"

我闷闷地答道：

"我觉得没什么大不了，忍一忍，到了'开拓团'总会有办法的。"

佐藤从自己的军用包里抽出一双胶皮底的军用鞋，命令我穿上。可是，鞋子太大了，穿上也不跟脚。佐藤问了一圈，总算找到一双让我凑合着能穿的小号鞋子。没想到，我的任性，又给大家添麻烦了，鼻子一酸，我又哭起来了。

小队长说：

"哭什么呀，这种时候大家都需要互相帮助，你也是队伍的一员了。"

被小队长批评，我一点也不生气，我流出的眼泪是感激的眼泪、高兴的眼泪。

"注意，前边就是中国人的工房区了。"

队伍前头的士兵提醒大家：

"草席搭的小房子里有人，大家子弹上膛，做好防备。"

突然，气氛紧张起来。小队长吩咐大家不可轻举妄动，他说：

"对方不动手，我们不许开枪，不要说话，也不要眼睛对视，低头沉默，快速通过。"

我们按照小队长的命令，沉默着接近工房区，因为紧张，脚步自然加快了。那些中国人的工房区有十几座小房子，土坯垒的墙壁，棚顶都是用茅草和苇席搭建的。我们的队列正好从这些房子中间穿过。为了安全，我夹在队伍中间，前后都是士兵。

刚一接近，从工房里呼啦一下涌出四五十个中国人，都是些看起来很壮实的男子，赤裸着上半身，有的手里拿着砍刀，有的拿着棍棒，目光阴森森的，含着杀气。

"好吓人啊，看来人数少了，肯定要被他们袭击。"

"我们带着枪呢，他们不敢怎么着，不用怕。"

士兵们轻声议论着，小心翼翼地走过去。小队长拿着手枪，不停地挥着胳膊，催促大家：

"跟上队伍，快走，快走。"

小队长一脸严肃的表情，一直看到最后一个士兵穿过那些中国人的人墙。才跟上队伍头也不回地离开。走了没多远，忽然听到那些中国人叫喊着。

不用翻译，谁都能猜得到那一定是骂人的话，大家在心里已经感觉到了，日本当真已经战败投降了。在那些中国人眼里，我们显得多么猥琐和狼狈。

究竟战局到了什么地步，谁也说不准，只有先到"开拓团"，确认事实之后，再做打算吧。

雨中，大家默默行军。

"看，远处有灯光。那里应该是'开拓团'吧。"

听见前边的人这么说，抬头望去，大概是北边的方向，黑黢黢的森林里，透过来一点光亮，像是马灯。我们在黑暗中完全不辨东西南北，有时候只能靠夜空中的星星判断方向,但是今夜下雨,一颗星星也看不见。

"往右边走，往右边走。"

大家只能用前后左右来指示方向。小队长命令道：

"向有灯光的地方走。"

那一盏马灯发出的微弱灯光，在暗夜中看着挺近，可是走起来觉得相当远，走一程一看，灯光依然在远处闪烁，再走一程，灯光还是在远处闪烁。真以为中了传说中的"鬼打墙"。一阵秋风吹过来，寒气令大家不禁缩紧了身子。

大约夜里九点多钟，总算走进一处村庄，眼前是一道土墙，散落着一片房屋院子。我们看到的灯光，是高高地挂在村头的一盏马灯，套着玻璃的灯罩。

我们去敲附近一家的门。

"谁？"

听见里边说的是日语，一句尖利的质问的声音。

大家放心了。

"一定是日本人，这里就是'开拓团'了。"

门打开了。我们见到了"开拓团"的人。

"是的，这里是光晴'开拓团'。请进来吧。"

我的眼泪快要流出来了，以为再也见不到日本人了，现在走进"开拓团"，感到说不出来的亲切。士兵们的心情也和我一样高兴，大家都精神起来了。

我们被几个"开拓团"成员带着去了一间大房子，也就是我们在远处看到的挂着马灯的地方，那里是"开拓团"的总部。房子虽然大，我们全体人员一走进去，一下子就把房间挤满了，连坐下休息的空隙都没有。大家你一言我一语说着什么，屋子里嗡嗡一片说话声，什么也听不见。过了一会儿，总算有一个"开拓团"干部模样的人走出来，大声给大家说明情况，周围渐渐安静了下来。

那个人说，"开拓团"的团长已经被召集入伍了，只有一个副团长在这里负责。对大家的疑问，那人回答说：

"日本真的投降了，从八月十四日开始无条件投降。不是谣传，我们已经接到上级的命令。哈尔滨方面的部队都已经缴枪了，日本的军人已经全都解除武装了。"

大家都不怀疑了，在朝鲜人村落里听到的消息果然不是谣传。

士兵们有的说：

"我们不缴枪。"

佐藤愤慨地吼叫道：

"我坚决不投降，我要战斗到最后。"

他的态度得到许多士兵的响应，他们疲惫的脸上一副慷慨激昂的样子。大屋子里立即闹哄哄，人人情绪激动。

我混在男人堆里，不知是激动还是害怕，竟然呜呜哭起来。听到我的哭声，一个"开拓团"干部走过来，很吃惊的样子，说：

"怎么你们的队伍里还有女人？"

一个五十多岁头发斑白的男人也走过来，他就是"开拓团"的副团长。他看着我，同情地说：

"不容易呀，看起来吃了不少苦吧，这么年轻，让人觉得可怜啊。"

佐藤对副团长说：

"副团长，麻烦您给这个姑娘找一个暖和的地方休息吧，拜托了。"

因为被佐藤央求，他们几个"开拓团"的干部就凑到一起商量了一会儿。一个干部说：

"去团长家吧，团长出征去了，家里没有男的。走吧，我带你去。"

我一个人受到优先照顾，心里觉得不好意思。我看看小队长，小队长也说：

"你就听他们的安排吧，快去。"

我服从命令跟在干部后边离开房间。走到门口时，我回过头来问了一下小队长和佐藤：

"明天早上几点出发？出发的时候一定记着叫我啊。"

屋外，秋雨还在下着，黑咕隆咚什么也看不见。走了不太远，来到一间砖瓦房的前面，带路的人隔着院墙喊道：

"夫人，团长夫人。"

屋里的灯亮了，不一会儿传出一个女人的声音。带路的人向她说明了情况。这位团长夫人立即温和地说：

"那就让客人快请进屋吧。"

走进院子里，看到里边一个年轻的妇女迎出门外，很客气地过来答话，她是团长的夫人，听口音带着很浓重的九州方言的味道。夫人说：

"我去给你打热水，快洗洗脚，到炕上去暖和。"

炕上的被子里睡着一个小男孩，两三岁大小，估计是团长的儿子。昏暗的灯光下，我看到团长夫人一副姣好的面孔，年龄看起来在三十岁左右，九州方言倒不那么浓重。团长夫人问我：

"听你说话，好像不是'开拓团'的吧？"

"嗯，我住在牡丹江那边。"

"那么，为什么没早早坐火车避难啊？"

我把经历说了一遍。听我说完后，她用同情的口气说：

"妹子，这一路上你也太辛苦啦，不用担心，先在我这里住下，好好歇几天，等等时机为好。"

我说：

"我目前最要紧的是找到妈妈和姐姐，无论如何明天一早出发，跟着部队一起去哈尔滨。"

听了我的话，夫人连连摆手说：

"你想得太简单了。外边的世界多乱啊，你是个女的，也不懂中国话，路上说不定就遇到麻烦。从这里去哈尔滨，除了苏军，一路上不是土匪就是八路军的游击队，他们打起仗来，谁还顾得上你。你想想，如果被他们抓住，你会有多惨。"

团长夫人把被子给我铺好，过了一会儿又说：

"听不听我的劝随你吧，总之，今晚好好考虑一下。"

能躺在日本制的棉铺盖里睡觉，简直就像做梦一样，好久没能这样舒舒服服地睡觉了，什么狼呀雨啊，什么饥饿呀急行军啊，统统都没了，我在暖乎乎的炕上，万分放心地睡下，团长夫人的提醒还没来得及考虑，头一靠上枕头就呼呼大睡起来。

第二天，我睁开眼的时候，太阳已经升得老高了，阳光从窗户里射进来。我急忙掀开被子，下了炕，走到外面找洗脸水。一出门，正巧撞到团长夫人从外边回来。

"哎呀，你们的部队一早就出发了。一个长官让我告诉你，他说你还是留在这里妥当。"

我呆呆地站了一会儿，想到昨晚夫人的话，如果真像她说的那样，我勉强跟着部队走一定碍手碍脚，这一路上已经给他们添了许多乱子。事已至此，我决定留下来了。可是心里有些惭愧的是，自己改不了贪睡的坏毛病，没能早早起来去向队伍道一声谢就分开了。

"事已至此，就安心留下来住我这里吧。"

团长夫人寂然一笑，说：

"虽然这里也不是什么好地方，但是，暂时可以避避风险。"

"多谢夫人收留，今后就请您多多关照吧，我的名字叫久保英子，昨天匆忙，忘记告诉您了。"

听我报出姓名，团长夫人倒是觉得失礼了。

"你这一说我才想起来，到现在，还不知道你姓什么叫什么呢。"

说完自己笑起来了，附近邻居家的一个大妈来家里帮忙，她也笑起来了。

　　和部队分开以后，我就留在了这个叫作光晴"开拓团"的地方。现在想想，或许，那里成了我命运的一条歧路。假如继续跟着部队走，我十有八九会死在途中；我选择留下来，于是一直活到现在，但是，我从此远离了祖国，羁留在遥远的异乡中国，度过了漫长的人生岁月。

　　团长家的后边，住着十几个从虎林（现在属于黑龙江省的鸡西市）的部队撤退下来到此避难的士兵。我平时就帮团长夫人给那些人做饭，此外还帮忙做一些家务。从小在父母身边娇生惯养的我，干起家务自然笨手笨脚，但是寄人篱下怎么可以游手好闲呢。

　　我去避难的士兵那里，意外地遇见了熟人。

　　"哎呀，你不是久保姑娘吗？什么时候来这里的？我们在这里已经住下半个多月了。"

　　听见他们叫出我的名字，我不由吃了一惊。仔细一看，十几个人里边，有七八个人都是我在逃难路上认识的士兵。现在他们都脱掉了军服，换成中国老百姓的衣服，不仔细看还认不出来。在熟人里边我还看到了热心帮过我的田中少尉。田中还记得我嫂子的事情，问道：

　　"久保姑娘，你嫂子她还好吧？"

　　听他问起嫂子，我的心头不禁一热，这些天我也差不多把嫂子的事情都忘了，不知她现在怎么样了，和那个陌生的中国男人相处得好不好，孩子是不是已经生下来，能不能养得活。我忍不住哭了，把自己和嫂子的遭遇给田中说了。田中也十分伤心，他安慰我说：

　　"带着身孕，无论如何是逃不出去的，为了孩子，她的选择也是无奈之举，这是命运啊。"

　　从谈话中我了解到，田中已经结过婚，妻子和一个两岁的女儿留在日本，听了嫂子的事，他一定也想到了家乡的妻女吧。

我现在寄居的这一家里，当"开拓团"团长的丈夫被强征参军，留下年轻的妻子和幼小的孩子，每天和难民一起生活，妻子也不知丈夫现在在哪里，是死是活。在"满洲国"，有多少日本人家庭随着战败投降，妻离子散，家破人亡。

每天照顾十几个人的吃喝，对有经验的人来说算不了什么，可是我在家的时候过惯了饭来张口的日子，现在，为了给大家准备饭食，我天天忙得不可开交。

蔬菜和粮食由"开拓团"总部配给，所以暂时还不用担心。过了一段时间，到了农忙期，大田里的庄稼等待收割，男人们每天早起，去三四公里外的田里收庄稼，午饭就在地里烤玉米和南瓜自己解决；只有到了中午的时候我才有点清闲的时间。

在我的住所附近，还住着一个小媳妇，是义勇队出身的，名字叫吉田，她很会做饭，教会我许多做日本料理的方法。我一有空就去找她聊天，我们成了无话不谈的好朋友，一聊起来就忘了时间。自从匆匆离家一路逃难以来，第一次过上了一段像现在这样不操心一日三餐，不用担惊受怕的日子。

可是，这样的日子并没有持续太久，田里的庄稼收完了，好像专门等待这个时机似的，打劫粮食的土匪开始四处出没了，日本人居住的"开拓团"和中国老百姓的村落是被袭击的主要目标，光晴"开拓团"也不能幸免。

那一天，大家在家里刚吃过午饭，我收拾好碗筷正在厨房刷洗，突然听见"呼"的一声枪响，子弹尖叫着从我们的房顶上飞过。

"快卧倒。"

一个叫寺岗的士兵急忙招呼我，我跑进平时吃饭的堂屋，见大家都从火炕上跳下来，趴在地上。子弹并没有射进屋里，都是朝天上放空枪，估计是恐吓人的。

不一会儿，枪声停了，从院子正门和后门闯进一群胳膊上套着白色袖章的中国人，人人手里都拿着枪，用很粗野的声音命令我们到院子里来站好。不知啥时候，吉田也被带来了，站到我身边。我小声说：

"我担心你一个人在家里，说不定会被欺负呢。"

吉田也小声说道：

"别的土匪们正挨家挨户翻东西呢，见到值钱的东西就拿。"

看见我们小声说话，一个土匪冲过来，一把抓住我的衣领，用半生不熟的日语恶狠狠地说：

"把手表拿出来，不拿出来就杀你。"

我听懂了他的意思，一边用手势表达一边用日语说：

"我没有手表，真的没有。"

一个土匪日语说得比较流畅，他看了我一会儿，说：

"你这小丫头不是'开拓团'的吧，按说杀你也没什么，身上有什么值钱的都给我交出来，不然一枪毙了你。"

我使劲儿解释：

"你杀了我也没用，没有就是没有，我是难民，身无分文。"

见我那么固执，那个说半吊子日语的土匪抡起枪托向我后背猛力一击，我立即被枪托击倒在地，他在我身上使劲儿踹了几脚，一边踹一边骂：

"叫你嘴硬，都投降了，还敢给我嚣张。"

我以为自己这下活不成了，紧闭眼睛忍受着殴打，没打几下我就疼昏过去了。

等我醒来，土匪们已经撤退了。土匪一走，吉田就小心翼翼地扶起我来，送我到团长家，团长的家也被土匪翻腾得一片狼藉，团长夫人也挨土匪打了，身上受了伤，正躺倒在炕上。田中和几个士兵过来看望，闷闷地发着牢骚。

"以前我只见过日本人打中国人，骂中国人，第一次见我们日本人被欺负。"

"这是报应啊。我们战败了，日本投降了。"

副团长的遭遇比我们还惨，他被土匪绑起来吊在树上，交了钱才放下来。到现在大家才懂得日本战败，给自己的国民带来多大的屈辱和痛苦。

挨打之后，刚过了两三天，我还躺在床上养伤，"开拓团"又遭到另一拨土匪的洗劫。他们扣押了副团长，逼着大家捐钱赎人。一个满脸胡子的土匪闯到我房间，找了半天没有搜到什么值钱的东西，他看我躺在床上伤得不轻，临走时，他居然拿出一个白面饽饽放在我枕头边，用生硬的日语说：

"丫头，你吃吧。丫头，别怕，我们图财不害命。"

想不到，土匪里边也有心慈手软的男人，我看他面相凶恶，可是眼神却带着怜悯的善意。

经过两次抢劫，几乎所有值钱的东西都被土匪掠走了。负伤的副团长说，他已经没有能力照顾我们，他和其他干部考虑了很久，决定撤离这里，我们全体人员都转移到离此地二十多公里的九州"开拓团"去，到那边寻个落脚儿的地方。

九州"开拓团"在小山子附近，是这一带最大的日本人集聚地。

从小山子去五常县（今五常市，编者注），交通也非常便利，另外，小山子驻扎着苏联军队，估计土匪不会像这里那么猖獗。

第二拨土匪来打劫后的第四天，我们就出发了。

团长夫人送给我一件毛线的坎肩儿，副团长家给了我两件他们孩子穿剩下的碎花白布和服；吉田建议我到了九州"开拓团"，用这两块和服的布料做一条裤子，毕竟深秋了，一早一晚天气凉多了。

九州"开拓团"总部有一支名义上保护日本平民的武装自卫队，经过事先联络，他们派来五六个带枪的自卫队员，一直负责护送我们到"开拓团"总部。

大家就要出发了，心情都很沉重。对我们这些难民来说，这里只是一处临时的居所，说走就走了，可是光晴"开拓团"的住民们就不一样了，他们显得难舍难离，团长夫人也罢，其他人也罢，只能带点简单的生活用品上路，他们的家屋、农具、牲畜和辛辛苦苦开垦出来的大片土地，以及土地上的庄稼一样也带不走，离开了，也许再也回不来了。一路上，我见他们不停地回头张望，不停地叹息着。我非常理解他们的心情，自己仓皇逃难的时候也有过和他们一样的心情，安东的家再也回不去了，大姐夫和嫂子还有孩子们途中失散，母亲和姐姐们现在还不知下落……一想起这些，我的眼泪就忍不住流出来了。

终于，光晴"开拓团"的那些房屋被远远抛在身后，隐在一片森林里，看不见了。

这是一支看起来很寒酸、很狼狈的逃难队伍，有背孩子的；有用扁担挑行李的；有赶着马车的，车上拉着家当；还有走不动的老人和孩子。副团长挨了土匪的打，伤得不轻，他躺在一辆马车上，身体摇摇晃晃，忍着伤痛，团长夫人抱着她的孩子也坐在那辆马车上。

　　早上开始出发的时候，觉得天气还凉飕飕的，等到中午，太阳光照在身上，火辣辣地烫人，像夏天一样热。我还算半个病人，被太阳一晒，头脑晕乎乎的。吉田看见我走路吃力的样子，就担心地说：

　　"要是不能坚持，就和团长夫人商量一下，坐到马车上去吧。"

　　我摇摇头，说什么也不坐马车。我心里清楚，自己本就不是"开拓团"的人，被人收留已经非常感激了，能不给人家添麻烦就不添麻烦。

　　遇到一片树林，大家决定停下来休息，刚想吃点东西，突然听见不远处传来几声枪响。自卫队的人立即紧张起来，一个领导模样的人说：

　　"还是不要休息了，万一遇到土匪，我们这几条枪恐怕对付不了。"

　　听他一说，大家午饭也不吃了，队伍立即赶路。

7 九州"开拓团"

下午两点多钟，总算安全到达了九州"开拓团"的总部。看起来，这里的面积要比光晴"开拓团"大两三倍，砖瓦建筑也多，本部南边的一排看起来很结实的砖瓦房是小学校舍和卫生所。

我们被安置到一间很大的仓库里，地板上铺着干草，一放下行李，我们就开始准备临时睡觉的床铺。夜里，吉田和我并排睡在一起，我身上的伤还很疼，行动也不自由，估计还需要三五天才能完全恢复。

这个时候特别容易想家，如果是在自己家里，就可以悠闲地养病了，家里有药品，也有妈妈和姐姐来照顾。一想到家，心里就特别脆弱，眼泪浸湿了枕头。

来的时候，听副团长说这里不会有土匪来骚扰，可是没过几天，这里同样也遭到土匪的打劫，他们连身上穿的衣服都要抢，如果不服从或者抵抗，当场就被枪杀。经常有触怒土匪的日本人被打死，尸体丢在野外。

有一天，田中少尉来找我，说：

"久保姑娘，我的一块手表能帮我保管一下吗？"

我有点紧张地说：

"哎呀，要是被土匪发觉，会很麻烦的。你不是不知道，在光晴'开拓团'那里，我因为手表才被打成这个样子。"

我露出十分为难的样子。这时候和他一起来的一个叫和田的年轻士兵说：

"久保姑娘你就帮着保管一下吧，手表是部队的东西，如果在田中身上被发现，他的军人身份就会暴露，他们一定会杀了田中。你拿着，就算被抢走，田中也不会责怪你的。"

田中赔着笑，说：

"你拿着总比从我手里被抢走安全得多。拜托了，久保姑娘。"

老实说，我因为手表受了好大的苦，本该拒绝田中的托付，可是一想到他在我们逃难的路上曾经那么热心帮助过我，就不好意思了，我说：

"手表你先拿着，等万一遇到什么麻烦的时候，我帮你收着。这次就算是报恩了。"

真是祸不单行，我答应田中的请求没几天，从小山子那边就开来一队苏军，从"开拓团"的北门进来，他们虽然比土匪显得有纪律，但是和土匪一样抢东西。光晴"开拓团"的马匹被全部没收，并且，从光晴来的人都要统统搜查行李。我们被赶到外边，五六个苏联士兵进到仓库翻行李和铺盖底下，另外的士兵在外边对我们搜身。田中趁人不注意走到我身边，把手表偷偷交给我，小声说：

"女人不搜身，没事的。你把手表撸到胳膊肘上就安全了。"

我就照田中的吩咐迅速把手表套在手腕上，往上使劲一推，带弹力的手表链卡到臂弯的部位，用袖子挡住。没料到苏联士兵搜身不分男女，每个人都要出来接受他们的检查，快要轮到我的时候，我的心跳急剧加快，脸色也变了。

一个苏联兵走到我身边，看着我的脸，用日语问：

"你是个大姑娘？"

我赶紧回答：

"不是，不是。我结过婚的。"

听到我的回答，他露出不相信的神情：

"年轻，年轻，大姑娘。哈哈……"

其他两三个苏联兵听到笑声也都走过来，围着我看，一边用俄语说着什么，当然，说话的内容我一点也听不懂。

周围的日本人都替我捏一把汗，有人小声提醒我：

"你不要对他们笑，他们是流氓。"

正不知所措的时候，吉田走到我身边，替我解释道：

"她是小媳妇，小媳妇。"

苏联兵们不怀好意地走到我身边，伸手胡乱摸我的脸和肩膀，我很害怕，不停地说：

"我是媳妇，是媳妇。"

他们开始翻我的口袋和鞋子。无意间一个士兵碰到我手臂上的手表，立刻厉声问：

"胳膊上是什么？拿出来。"

手表被发现了。我怯怯地把手表递给一个苏联兵。他一眼就看出那是日本军人的手表。用生硬的日语问道：

"这是日本军人的手表，哪来的？"

我不知道该怎么回答，支支吾吾，一时语塞。

"快说。"

也许是急中生智吧，我的脑海里迅速跳出一个答案，说：

"这是我丈夫的手表。"

一说出口，就感到自己的脸都红了。

"你丈夫，在哪里？"

"他战死了。"

"真的吗？"

"真的，在山里，被你们的大炮炸死的。"

正在此时，一个将校模样的苏联军官走过来，用流畅的日语问我：

"你从什么地方来的？"

我倒是变得镇静了，说：

"从牡丹江一路走来的。我丈夫在横道河子的山里战死了。"

"横道河子呀，嗯，那里的确发生过一场激战。"

他好像相信了我的话。于是说：

"手表，我们没收了。"

毕竟是个当官的，对女人的态度还是比较讲礼貌的。检查结束后，苏联兵们把马匹和搜查到的"赃物"装上车从北门离开了。

受田中之托保管的手表就这样被查收了，我不住地向他道歉。发生的事情田中都亲眼看到了，他丝毫没有埋怨我的意思，倒是轻松地给我开了一个玩笑：

"我要是没战死，就是久保姑娘的丈夫啦，哈哈。"

苏联兵来搜查之后没几天，我们从"开拓团"的总部转移到两公里之外的一个小部落去，一条窄窄的农耕路，路旁有四栋茅草房，围成一个小小的农庄。以前也是几户"开拓团"的人住着，事变后他们转移到总部去，这里就空出来了。

这里离总部最远，随着光晴"开拓团"搬过来的，还有一些日本士兵化装的难民和义勇队的家属们，一共四十多人。义勇队的家属们多是年轻的小媳妇，丈夫们接到紧急召集令，都上部队去了，他们的大多数目前生死不明。我和这些小媳妇们在一起，把自己的姑娘身份隐瞒住，也谎称是已经结了婚的军人家属，这样对我来说较为安全些。

四十多人被分配在四栋房子里，我住的那一间房子，玄关朝北，里间屋砌了一个火炕。"满洲"冬天奇寒，"开拓团"的人和本地的中国人一样用火炕取暖。

不知不觉已经习惯了各种逃难生活。为了应付冬天的寒冷，这一天，我找出副团长太太送给我的两块布料，兴味盎然地打算缝制一身女式洋装，我刚兴致勃勃地把衣服做好，突然有四五个中国人闯进来，手里拿着匕首和长矛，什么话也不说，看见衣服一把抢走。我壮着胆子追出来想要回那件衣服，刚说几句磕磕巴巴的中国话，就被一个中国人一巴掌打倒在地。

费了那么多工夫做好的一件衣服，自己还没舍得穿一穿，就被人家抢走了。最近总有当地人来骚扰，天冷了，他们就抢衣服，有的日本男子穿件好衣服，在外边被他们看见当场就扒下来，不给就打。遇到这样的事情，我们很无奈，也没办法。

一天晚上，正准备睡下时，隐约听到外边有人说话，觉得纳闷，就起身出去看看究竟。月光下，看见一群人围在水井边叽叽喳喳说着什么，仔细一听，有一个人的声音好熟悉。她说：

"我们在六道河子遇到土匪，妈妈被他们杀了。"

我突然想起来，这不是金子的声音吗。

"金子，金子果然是你啊。"

我走到人群里，一把抱住金子。金子也认出我来，惊讶得一时说不出话来。

"哎呀，是久保，哎呀，我们又见面啦。"

金子抓住我的手，激动得快要哭起来了。她身边站着两个小孩，瘦得皮包骨头，我一看就知道是她的侄子。我半信半疑地问：

"你妈妈她……"

"遇到土匪，因为跑得慢，被他们用刀砍死了……"

没说完，金子已经泣不成声了。

和金子姑娘别后重逢，心里非常高兴，我也变得坚强起来了。没想到这么大的"满洲国"，兵荒马乱，分分合合三次见面，实在是和她有缘。这次我们俩发誓再也不分开了，互相帮衬着无论如何也要活下去，直到返回日本。

对面的家里住的都是男子，他们缺一个会做饭的，金子和孩子们就住到那边的屋子去，和金子一道来的还有一个叫伊藤的妇女，人很勤快也干净，她和我住一块儿，平素帮了我不少活计。伊藤个子比我高，力气也大，我最不擅长的去井边挑水的工作都由她来干，满满一桶水，她一只手轻轻松松就拎起来。

一天，对面的男人们去山上打柴了，金子在家留守，她带着两个侄子过来说话，各自说了一路上的遭际。顿了一下，金子问我：

"对面的大兵们都把你唤作久保夫人，难道是你告诉他们你已经结婚了？"

我说：

"是这样说的。这里住了那么多男人，保不准有人打我的坏主意。为了自己保护自己，假装结婚也是一个对策。金子你也要这么说才安全。"

金子为难道：

"可是，我已经告诉那边的男人自己是个姑娘家了。但是身边有两个小侄子跟着我，料也不会出什么事情。"

我说：

"是啊，我要是也有个孩子在身边，别的男人就不敢乱打坏主意了。"

听到我说这句话，坐在旁边的伊藤忽然深深叹了一口气，啪哒啪哒掉起眼泪来。

我诧异地问道：

"伊藤大姐，你怎么啦？"

伊藤不答话，只是哭。金子告诉我事情的原委，原来，伊藤也有一个孩子，已经四岁了。在逃难的路上，她把孩子哄睡，丢在一棵大树底下，自己偷偷地跑了。

过了一会儿，伊藤哭着抓住我的手问：

"久保姑娘，你是不是觉得我这个当妈的心肠狠毒啊？自己的亲生孩子都不要。要是知道这里有'开拓团'，我万万不忍心把孩子丢下不管。"

说完，又呜呜大哭起来。

金子安慰她说：

"伊藤大姐，你就别自责了。一路上丢孩子的也不光你一个人。不信你问问久保，有的父母为了逃命把自己的孩子亲手杀死、烧死。

他们心里比你还痛苦呢。"

我也安慰她说:

"没错,只要孩子不死,一定会遇到好心的中国人收养他,你就不要担心了,担心也没有用。"

我和金子一直安慰着伊藤,在这样残酷的境遇中,谁也不会谴责伊藤的。大家都同样有那么多的悲惨经历,每个人都不知道第二天是否还能活着。现在,总算有了一个暂时落脚的地方,已经很不容易了。所以,我们要好好活着,等待时机离开"满洲",回到祖国日本去。

伊藤断断续续哭着,说:

"这些天,每天晚上做噩梦,梦见我的孩子一个人在山里迷路,一边哭一边喊妈妈,然后狼群来了。我就在梦里大声喊,孩子快跑。然后就吓醒了。"

"满洲"大地,自从日本战败投降那一天起,有多少日本人家庭遭到不幸啊。特别是那些妇女儿童成了最可怜的受害者。只要一看到那些带孩子的妇女,我的脑海里就会突然掠过嫂子和小侄女的影子。

自从搬来这里,我们妇女遇到的苦恼一直都比那些男人们要多。

有一天,"开拓团"总部来人,把住在这里的妇女召集起来训话,说了一些必须注意的事项。

"最近,驻屯在小山子的苏联兵,经常来本部骚扰,他们看见年轻的妇女就追,强行拉到山里奸污。所以,总部的干部让你们一定要注意。见到苏联兵千万不要对他们笑,更不要和他们说话,你一笑他们就欺负你。只要一看见他们你就跑,万一被抓住也不要笑。听说,他们喜欢带笑脸的日本女人。"

注意事项是说给女人听的,我们都很不安。可是有的日本男人听了这些话，竟然呵呵地坏笑起来，对待自己的女同胞，如此没有同情心，实在令人气愤。

会后，妇女们喊喊喳喳地议论起来：

"真让人害怕啊。"

"苏联兵很野蛮的。"

"他们真的会到这里来吗？"

"不会来吧，这里应该安全。"

平时少言寡语的上等兵寺冈认真地说：

"不要掉以轻心，平常还是小心警戒为好。"

性格温和的和田也说：

"如果他们要来，会开着车来，你们只要听到汽车的引擎声，就往南边或者东边的树林跑，到那里躲起来。"

寺冈听了，也点头称是。

从那一天开始，我们每天都战战兢兢的，生怕会发生什么意外。又过了五六天，从总部那边来人，带来了新的情报。

"昨天，苏联兵来了，绑架了一名'开拓团'的女子，用卡车拉走，带到树林里强奸了。那个女子在树林里奄奄一息，被一个路过的中国人看见，来通知'开拓团'总部。我们的人用担架把她抬回来的。战败了，我们只能这样受人欺负。"

总部来的人，愤愤地说着，一脚把身边的小板凳踢翻。

"战败，最先遭殃的就是女人啊。"

一个士兵叹息着自言自语。对我们来说，住在总部的那位女子身上遭遇的事情，随时也会在我们身上发生。

"如果我们发现苏联兵来这里，马上过来通知你们避难。住在这里的男人们，请你们协助一下女同胞，不要坐视不管。"

说完这句话，总部的人就匆匆离开了。

过了没几天，苏联兵真的就来了。从总部那边气喘吁吁跑来一个人给我们下通知。

"妇女们快去树林里躲起来。苏联兵就在总部，过一会儿说不定会到这边来。"

听他一说，我们都非常紧张。正是午休的时候，男人们都躺在屋里睡觉，听到消息，呼啦一下都起来了，纷纷催促我们往东边的树丛里躲藏。

"东边的树林比较安全，在那边的山坡上还能看见这边村里的动静。"

不知谁说：

"远藤班长，你带她们去躲一躲吧。"

这个远藤班长看起来三十岁前后，操着生硬的日本东北口音，但是性格温良，让人觉得稳重可靠。

"那好吧，姐妹们都跟我走。不管苏联兵来还是不来，先躲避一下为好。"

远藤走在前头带着我们往树林里去。树林在一片高坡上，从那里果然能看得见村子的屋顶。远藤爬上一棵大树，坐在一根树杈子上负责放哨。他说：

"我在这里警戒，你们再往树林里边走走，隐蔽起来。"

我们按照远藤的吩咐往树林里边去，找了一片草地坐下。不一会儿，远藤说：

"苏联兵果然来了，有十几个人呢。你们都不要乱走动。"

我们屏住呼吸，紧张地坐在草丛中，侧耳听着动静，除了风吹动树梢沙沙作响，什么也听不见。

远藤看见苏联兵进了村。

"他们进屋了。挨家挨户搜查着，一定是在找女人呢。"

远藤小声说着，我们的心都快要提到嗓子眼儿了。

"你们再往南走走，那里的树林比较密，不容易被发现。"

远藤从树上跳下来，催促我们往林子更深的地方走，林子里边没有路，除了碎石子就是带刺儿的荆棘，我的鞋子破破烂烂的，脚被扎得生疼。看着义勇队的女人们人人都穿着很结实的鞋子，真是羡慕。远藤见我走路磨磨蹭蹭，就说：

"穿这样的鞋子怎么能跑得快呢，知道自己没鞋子，平时闲着的时候，为什么不编几双草鞋预备着？"

草鞋？我长这么大从来就没穿过，更不要说编草鞋了。听了我的解释，远藤笑了。

"哎呀，我怎么忘记了，你不是'开拓团'的人。"

伊藤听见我们的对话，说：

"我会编草鞋，明天给久保编一双。"

远藤转过身，和伊藤聊起来。

"你也会编草鞋，真是了不起。我家在农村，从小大人们就教我们编草鞋，你看，我这双鞋子，是乌拉草编的。"

金子看我被冷落，就对远藤说：

"久保姑娘是富人家的大小姐，住在牡丹江的城里。她怎么会学咱老百姓的手艺呀。"

说着哈哈笑起来。远藤慌忙向金子摆手，说：

"不要大声笑,别让苏联兵听见喽。"

于是,大家都不说话了,沉默着走路。

"哎,前边有一条小溪。"

走在最前头的吉田惊喜地说:

"溪水好干净啊。"

大家纷纷加快脚步,坐到小溪边休息,有的洗脸,有的洗脚,有的玩起水来,咯咯地笑着。这时候,从北边的树林里有人用日语喊道:

"没事了,可以回去啦。"

来送信的人叫永田,以前是远藤班长的一个部下。听永田说,苏联兵到这里,就是来找女人的,他们用磕磕巴巴的日本话一个劲儿问:"小媳妇,小媳妇,小媳妇有没有?"永田怪模怪样地模仿苏联兵的动作和表情,逗得大家哈哈大笑,连严肃的远藤班长也被他逗笑了。我们都松了一口气,回到村子。

一回到村子,男人们看到我们,纷纷过来打招呼:

"小媳妇回来了。"

"小媳妇们辛苦啦。"

他们学着苏联兵的腔调,和我们开玩笑。也有的人愤愤地说:

"这些苏联兵真是下流可恶。"

这场经历过后没几日,苏联兵又来了。这次很突然,总部那边没有人来报信。

村子四周很安静,村里人隐约听到,从北边传来汽车引擎的声音,立即就判断是苏联兵往这边来了。因为这一带只有苏联的部队开车。

"妇女们快点隐蔽。"

"大家去南边的树林,东边的太远。来不及了。"

妇女们立即集合起来沿着玉米地往南边的树林跑。苏联兵好像发现了我们，他们用日语喊道：

"站住，不许跑。"

不知是恐吓还是警告，苏联兵用冲锋枪朝这边开了几枪，子弹从我们头顶嗖嗖地飞过去。没人听他们的命令，大家跑得更快了。跑进南边的树林后，我们又迂回往东边更加隐蔽的树林跑去，一直跑到上次发现的小溪边。

大家在等消息的时候，金子对我说：

"久保，你敢不敢和我一起去山坡上看一看村子里的情况？"

"那有什么不敢的。"

我答应了金子，两个人手拉手往林间的那个高坡上走，走到远藤爬过的那棵大树下，我往手心里吐了一口唾沫，蹭蹭几下就爬到树上了，金子还不知道我那假小子的性格，把她惊得目瞪口呆。

这次避难，也是有惊无险。

又过了五六天，苏联兵好像是特意在半夜里突袭了我们的村子。听到汽车引擎声的时候，他们已经进到村里来了。夜里我们是不敢往外跑的，因为村子外边一到晚上就有野狼出没，有时候三五只，有时候是一群，嗷嗷叫唤。正在不知如何是好的当儿，有一个四十多岁叫平林的军属大姐，告诉大家说：

"用锅底灰把脸都涂黑喽。"

我和伊藤连考虑也没考虑，就跑到厨房，把铁锅翻过来，掠一手漆黑的锅底灰就往脸上抹，从额头到下巴，连胳膊也全都涂得黑乎乎的。我们蜷缩着身子坐到房间的一角，屏住气。

苏联兵闯进屋子，真如他们模仿的那样，嘴里喊着"小媳妇，小媳妇"，一边喊一边在屋子里四处搜，手电筒的光束晃来晃去。一个士兵发现了我们，他用手电筒在我漆黑的脸上照了一下，不知为什么他突然哈哈大笑着走开来。这一招果然奏效，居然没有看出我们是"小媳妇"。

不一会儿，苏联兵们就悻悻地离开了，汽车的引擎声渐渐消失在茫茫暗夜里。

灯点亮了，男人们看见我们的脸，也都大声笑起来。说：

"要是有照相机，一定给你们拍一张照片留个纪念。"

这次，大家都很感激平林大姐教会了我们这样一招，蒙骗过了苏联兵的眼睛。

第二天，女人们聚到一起，说起昨夜的事情，还是兴致勃勃的。那是我们逃难中的女人们唯一一次化妆，不是在脸上搽粉，而是涂上锅底灰。多么悲哀的化妆啊。

这是苏联兵最后一次到村里来骚扰，我们听到传言说，在小山子驻屯的苏联军队，不久转移到五常那边驻守。他们从此再也没有来过。

8　绝望的日子

　　来自苏联兵的侵扰没有了，但是严寒随之找上门来，转眼到了十一月，天气变冷，偶尔还落了几场雪。村落里的难民们，把仅有的衣服都穿上了，凡是像样点的衣服都被土匪们抢夺去了，人们都在忧虑这个冬天怎么过。

　　男人们忙着到山上砍柴，垒起壁炉，砌上火炕。伊藤大姐教我编织草鞋，她手艺娴熟，我一双没编完她已经编好两双了。第一次穿自己亲手编织的草鞋，虽然穿着不舒服，但是总比光脚强。

　　总部的干部来视察过几次，他们看我穿得那么少，非常担心。

　　"总部那边还有几件旧衣服，要是不嫌弃，来拿吧。"

　　又见我没有力气去山上砍柴，就同意把用不着的牲口棚和仓库拆掉，当劈柴烧。男人们准备好越冬的柴火后，有的就到附近中国人家里去打短工，也有的干脆就搬进人家家里去住，他们给吃的，也有的给钱，或者买些棉花做件大袍子。日本人干活特别实在，特卖力气，在中国人那里受到好评。以前，都是日本人雇佣中国人当苦力，现在正好反过来，有人磨不开面子，心里愁闷。每天早上大家见面，打招呼都是相互问一句：

"今天，又去出苦力吗？"

"是呀，没法子。"

"苦力"和"没法子"成了人人都懂的中国话。

进入十一月，我和伊藤、金子三人都没有厚衣服，依然是穿着夏天的两件单衣。脚上也没有袜子，光脚穿草鞋，每天都冻得打哆嗦。有时候，冒着雪去井边打水，冻得脚趾头像被老鼠咬着一样生疼。夜里，没有棉被，只能穿着衣服在炕上睡，炕一凉就冻醒过来，于是，我和伊藤就到厨房去，点些劈柴烤火，一直熬到天亮。

男人们能干活，挣钱买了棉被子，看见人家睡在暖乎乎的被窝里，我们只有羡慕的份儿。

远藤看见我们受冻有点过意不去，有一天早上，他说：

"我们男人都有被子盖，伊藤和久保最可怜，让她俩搬到屋里最靠近火的地方睡吧。"

他一提议，大家都同意了。从那天晚上开始，我和伊藤把睡觉的地方换到屋子最里边，靠近壁炉的地方睡了。虽然苏联兵不来骚扰了，但是，睡在一堆男人中间，心里还是不那么踏实。夜里睡不着，我就想出一个好办法：白天睡，等男人们早上出门干活了，我就借他们的被子盖着睡大觉。有一天，我躺在炕上睡觉，一打滚从炕上掉下来，躺在地上继续睡。有人看见，就问：

"久保，你还活着吗？"

我居然没听见，迷迷糊糊地被他扶起来抬到炕上，又继续睡。等我睡醒时已经是傍晚了，可我还以为刚刚天亮，起身去井边打水洗脸，见人就打招呼：

"早上好。"

大家都被逗乐了。有人给我开玩笑说:

"久保姑娘,真担心你靠近壁炉睡,夜里一打滚,掉进火堆里,烤成人肉干你都不知道呢。哈哈哈。"

有一天,"开拓团"总部来了一个干部,看见我和伊藤,问:

"你们再没有别的衣服了吗?"

"没有。"

我们脸一红,不好意思地低下头去。干部吃了一惊,说:

"冻出病来就麻烦了。总部里有棉花和旧衣服,我让人给你们送来。"

第二天,果然有个小伙子从总部拿过来一包旧衣服和碎棉花。我和伊藤做了一床棉被,两条薄棉裤,剩下的零碎布料做了袜子。这样才有点像样的越冬的准备。

就在这个时候,我们听到一个消息,义勇队的总部,搬到了离这里四十多公里的山河屯,和我们暂住在一起的义勇队的家属们,可以转移到那边避难。义勇队的二十多个家属,不久就被他们总部的人接走了。

四栋房子空出两栋,村落里忽然就显得寂寞起来,现在,村落里的女人只有伊藤、金子和我三个人。我们搬进义勇队住过的空房子里去,我和伊藤住一栋,金子和孩子住另一栋。那里的取暖设备也好,而且还留下一台小石磨,我们用它把苞米磨成苞米糁子,当主食用。我们三个女人和金子的两个小侄子相依为命,我们唯一的精神支柱就是:我们相信,无论多么艰苦的日子,总有熬出头的那一天。

说话间,昭和二十年,也就是公元一九四五年就快要结束了。眼看着就要过年了，我们这里缺吃少穿，这种窘迫的生活，连土匪都知道，他们已经不好意思来这里抢劫了。倒是听说在总部那边，山里的胡子还去打劫过几次。

中国开始发生内战，"满洲"到处土匪猖獗，打家劫舍、强奸妇女的传闻不断。遭殃的不仅仅是日本人，中国人的村落也不能幸免。每天我们都在不安中度过，心里一直想着，怎么才能找到一个安全的地方啊。

有一天，居田去小山子城里买年货，回村后带来一个消息说，共产党领导的八路军从南边打过来了，眼看着就要开进东北了。等八路军一来，土匪就跑了。居田说，八路军一定能保护我们。

那天晚上，我们一直在说着八路军的事情。

"八路军什么时候能打过来？"

"你别问我呀，我又不是八路军的指挥官。"

"八路军快点来吧，一来，土匪就不欺负我们了。"

我以前听说过八路军的传闻，也读过介绍八路军的书，知道八路军英勇善战纪律严明，他们是穷人的部队，是保护老百姓的，大地主和有钱人都怕他们。

严寒的冬季里，传闻当中的八路军，给我们带来了些许希望和安慰。

没想到，还有比匪患更加严重的事端发生了。刚进入正月，这一带忽然流行起斑疹伤寒和感冒。九州"开拓团"总部里，不断传来死人的消息。起初感染者被强制隔离开，但是感染者越来越多，已经无法完全隔离了，医生不够，也缺少药品，疫情到了失控的地步。"开拓团"的人死了，总部一定会想办法和他的家人取得联系，可是我们这样的难民，如果病死在这里，可想而知是不会有人知道的。就在惶惶不安的煎熬中，奇怪的传染病开始在我们的村落里流行了。

最先染病的是远藤，不论白天还是夜晚，他一边大声说着梦话一边在屋里走来走去，吓得我们不敢睡觉。这样持续了五六天，远藤的病情看起来刚有所好转，接着永田就病倒了，毕竟永田年轻，病情不如远藤的厉害，恢复得也快。

住在村落东北侧那栋房子里的久保田，是我们这里最先染病死去的一个年轻士兵，他死后不久又有四五个人相继死去。接着，平素特别勤快，看起来身体特别健壮的佐藤，一夜之间也病死了。大家都相信只要染上病就不可能活着。终于，和我最亲密的伊藤也病倒了。每天不停地说着胡话：

"把寿司给我端过来，快点，这点要求都不答应吗？"

"久保，快去外边，把八路军给我叫过来。"

她不停地用命令的口吻让我干这干那，不服从就对我大发脾气。

看样子，她已经分不清什么是现实什么是梦境了。

"八路军到门外了，我想见一见他们。"

一旁，平林演戏一般示意我，让我假装出去找人，我走到门外，过了一会儿返回屋里。伊藤看见我回来，急忙问：

"见到八路军了没有？怎么没把他们带回家里来？"

我说：

"八路军的同志说很忙，来不了，一会儿还要去打土匪。"

伊藤好像放心了。说：

"不能来也不要勉强人家呀。有了八路军我们就不用害怕土匪了。我们可以活着回日本了。"

看着伊藤高兴的样子，我心里尽管难过，但是总算能让她安静下来。这样应付着她大约过了四五天，一天早上，我刚从炕上坐起来，伊藤突然很冷静地对我说：

"久保，我快要死了。"

我吃了一惊。她继续说：

"我身边摆着鲜花和好吃的供品，点着香烛。许多死去的亲人都来看我，他们都大声地在给我念经。"

伊藤苦笑着给我讲着梦里的情景。远藤走过来安慰她说：

"不要怕，你是发高烧烧糊涂了。我也做过这样的梦，没事的。"

看伊藤这么清醒的样子，我觉得她的病情或许会慢慢变好。可是，下午的时候，她突然又发高烧，一下子昏迷过去了，一直到晚上八点多钟断气的时候也没有清醒过来。

可怜的伊藤，从发病到死去，苦苦煎熬，一服药也没吃，死后身边一个亲人也没有。第二天一早，我和金子把伊藤的尸体用一块草席包裹起来，抬到南边的一片小树林里埋葬了。

伊藤下葬的第二天，我就开始发烧，我心想，这下终于轮到我了。天知道我能不能挺得过去。现在伊藤不在了，我只能自己照顾自己了。最初几天，自己还能坚持着做点吃的，后来实在没有力气，往炕上一躺，就再也没起来。

感觉病情正一天天恶化，脑子变得昏昏沉沉。有一天，迷迷糊糊中我看见金子的侄子来过一次，说金子也病了，躺在床上。孩子怯怯地走近我说：

"姑姑希望你过去一下，有事要找你商量。"

可是，我连动一动身子的力气也没有了。就说：

"告诉你家姑姑，让她保重。等我病情好点就去看她。"

继续昏昏沉沉不知过了几天。一天早上，下着大雪，隔着窗子听见那个叫和田的男人大声说：

"快看，一辆马拉雪橇朝这边来了。"

一个知道内情的人说：

"是来接金子的。从元宝山那边的村子里来的。"

我觉得很意外，隔着窗子问了一句：

"金子姑娘这是要去哪里啊？"

"怎么，久保姑娘还不知道啊？金子要嫁人了，给中国男人当老婆去了。"

我大吃一惊。

"真的是要嫁人吗？"

"这事怎么能开玩笑呢。真的。"

我想立即爬起来去问个究竟。可是四肢不听使唤，头痛如针扎一般。费了半天劲我坐起来，从窗子里望去，金子全身裹着棉被，被一个身穿黑色棉袍、头戴狗皮帽子的男人抱上雪橇，她的两个侄子也攀上了雪橇。那个男人一挥鞭子，马拉雪橇一溜烟就走远了。

看着雪橇在白茫茫的雪地里越走越远，变成一个黑点，消失在我的视线中。我软软地躺倒在炕上，眼泪哗哗地流出来。伊藤死了，金子走了。这里只剩下我一个，孤零零地等死。

在寂寞与死亡的恐惧当中，我差不多快要彻底绝望了。

就在金子被雪橇接走的那天下午，被借到"开拓团"做步哨的居田回村，他带来了一个意外的情报。居田说，昨天晚上十点多钟，一支八路军的小分队悄悄来到总部。问了一下我们日本人的事情和周围的情况，然后又悄悄离开了。居田很兴奋地和大家说起昨夜的见闻：

"只有我和武装队长见到了八路军，我觉得好幸运。看他们穿的衣服和说话的态度，立刻就知道这些人不是土匪。他们走到大门口的时候，我问是谁，那边很温和地答道：'别怕，我们是八路军。'"

居田模仿着八路军的样子，用中国话说：

"我们是八路军，我们是八路军。"

那神情把大家逗乐了。从居田的话里我了解到八路军待人很有礼貌，听说土匪来"开拓团"杀人、抢劫，都很同情。临走时，八路军对放哨的居田说：

"我们不久还会来这里。"

我忽然想到死去的伊藤，如果伊藤还活着，听到这句话该多么高兴啊。我还记得伊藤在病中说的胡话：

"八路军一来，我们就能活着回到日本啦。"

我多么希望这话是真的。我的命运和北进的八路军联系在一起了。

可是，我身上的病一点儿也没见好转，反倒是更加严重了。最初，自己扶着墙壁和柱子还可以去外边的厕所，十几天之后，身体就虚弱得站不起来了。东西也吃不下去，只是喝水。

别人担心我的病会传染到自己，都躲得远远的，只有居田看我病成这样，实在不忍心，就抽时间过来帮我烧水，或者搀扶我去厕所。可是这样的帮忙只不过两三回就传出一些闲话了。我听到有人说：

"久保不是媳妇，她还是个没出嫁的姑娘家。"

"居田那个家伙最近好像在打久保的坏主意呢。"

听到这样的传言，我很生气，真想扯下自己的耳朵放进清水里洗洗。可是躺在炕上的身体不听话，生气也没办法。居田似乎也感觉到了什么，干脆就不再来我这里，有意和我疏远开。我只是觉得可笑，在这样的条件下，谁还有心思谈情说爱啊。大家互相帮衬着，只有一个目的，就是活下去。我一个女子，在一群男人当中真是诸事都不方便，可是偏偏重病缠身，加上心情不好，每天都觉得神情恍惚，度日如年。

在这样的日子里，我拖着病体熬过了旧历的大年三十，躺在炕上迎来了大年初一。初一一整天，男人们都不干活，他们用出苦力挣来的钱买了白米饭高兴地吃起来。我却什么也吃不下，身体一天不如一天，连自己都感觉到，离死亡也就是一步之遥了。

9 我要活下去

大年初一过去好像没多久，有一天，我正在炕上躺着，眼睛空洞地盯着天花板看。这时，听见厨房附近一群人在大声说着什么。有一个人惊喜地喊道：

"哎哟，那不是金子姑娘吗？"

我吃了一惊，循声望去，但见一个衣着像中国人，穿着大花棉袄的妇女正朝我走来，走到我枕头边探过头来：

"久保，是我呀，金子。我来接你来了，你的病还没好吗？"

我揉揉眼睛，才看清果然是金子姑娘。她的病看起来已经痊愈了，脸色也显得好看多了。金子热情地对我说：

"久保，总之你要离开这里，到我那里去，雪橇就在外边，专门来迎接你的。再不走你会死在这里的，你不要像伊藤那样，日本也回不去了，亲人也见不着了。"

自从得病以来，每天过着生不如死的日子，现在见到金子姑娘，如同见到亲人一样。我禁不住流出眼泪。我已经不考虑什么将来了，此时我把全部都毫不犹豫地托付给金子了。

金子到外边喊一个中国男人进屋，那个人把我从炕上扶起来，背到他背上，然后把我放到屋外的一辆雪橇上，雪橇上铺着一床软乎乎的棉被子。我的半个身子躺在金子的怀里，金子用棉被把我紧紧裹住。雪橇晃晃悠悠走起来，不一会儿，我就迷迷糊糊睡着了。

不知走到哪儿，也不知走了多久，我拉开被子，太阳光照得我睁不开眼。见我醒来，金子亲切地对我说：

"久保，我们已经到家了。"

我扭头看看周围，眼前并排立着三间茅草房，一个土坯围成的小院。院子的最西边有一间就是金子的新家吧？正想着，从屋子里跑出来金子的两个侄子小孝和小实，一看见我就高兴地扑过来，我走路还非常吃力，两个孩子一人托住我一个胳膊，把我搀扶进屋里。屋里有点昏暗，但是被金子收拾得干干净净。

小孝很乖，亲切地对我说：

"久保姑姑，住在这里，你的病一定会好起来的。"

这时，住在附近的中国孩子们也跑过来，瞪大眼睛看我这个病快快的陌生人。小孝用中国话和他们说着什么。没想到，他来到这里才半个多月就会说那么多中国话。

金子在厨房里准备晚饭。住在附近的一个大妈用一个大海碗端过来一份什么东西，说是让我吃的。问了一下小孝，原来，听说我得了病，这位大妈就让金子给我做一份增加病人食欲的"酸菜"。

金子说：

"这叫酸菜，中国人家家都拿大缸腌制，吃起来有点酸但是很开胃。"

大妈送来的酸菜里还有猪肉和粉条子，我吃了一口，微酸，但是香喷喷的，实在是好吃极了。这天晚饭，我吃下两大碗米饭伴酸菜，还喝下去一碗稀粥，感到浑身热腾腾，四肢也觉得有劲儿了。

吃过晚饭不久，有一个四十多岁的男人回来了。金子有点儿害羞地给我介绍说：

"这是我男人。"

金子不说我也料想到了，但是心里还是感到惊讶。金子苦笑一声，眼睛直勾勾地看着我的脸说：

"你笑话我吧？我也是没办法，为了这两个孩子，我也豁出去了。"

我礼貌地向金子的丈夫鞠躬，他也表示友好地笑一下，话不多，一看就知道是一个非常厚道的中国农民。

这天晚上，我躺在暖暖的被窝里，没有死的恐惧，没有饥饿，没有寒冷，没有男人们的风言风语，终于睡了一个无比安心的好觉。心里充满了对金子的感激之情。

第二天早上，一睁开眼，感到脑子也不昏了，额头也不那么发烧了，胳膊腿上也有了力气，居然自己能站起来，走到院子里去。看来病已经好起来了，心里就觉得特别高兴。我对金子说：

"今天，身子感觉好多了，你看，我自己都可以走到院子里来了。看来，这下死不了啦。"

金子听了，很高兴。说：

"把你接到这里来，我的决断是正确的吧。"

听金子说，一周前，她的丈夫去小山子那边走亲戚，顺路到"开拓团"打听了我的消息，日本人告诉他，我的病情很严重，身边也没人照顾，只能等死了。听到这个消息，金子很着急，央求她男人一定想办法把我接过来治病。

又提起金子和中国人结婚的事，她再一次问我：

"你真的不笑话我吧？"

我认真地回答道：

"真没人有资格笑话你，我不但不笑话你，我还从心里佩服你。为了救活哥哥的孩子，宁愿给素不相识的中国人做媳妇。可是，我却没有做到，没有照顾好自己的嫂子和小侄女，一想到这事，心里就有愧。"

住到金子家里，我的病情一天比一天好转，难以想象，病倒在"开拓团"的村落里，十几天里每天只喝水，连去厕所的力气都没有的人，居然有救了。

然而，住在这里，我的心头又多了新的烦恼。我感激金子的好意，让我来她家养病，可是金子的家里，也不是过得富裕的人家，丈夫每天早出晚归到地里干活。尽管他们夫妻从没有给我冷脸子看，可是我这么一直白吃白住，也不是个办法。我想过要搬出去，可是在这举目无亲的地方我能去哪里呢。

一天晚上，吃过晚饭后我和金子夫妻两个一起唠嗑儿。他们夫妇笑嘻嘻地用中国话说了一些什么，看我的眼神有些异样，我听不懂中国话，但是凭直觉感到一定和我有关，于是就问金子怎么回事。

"久保姑娘，我这话真有点说不出口，就怕你听了生我的气。"

"什么事啊，不要对我见外，什么事你就直说无妨。"

我装作很不在乎的样子，催促她告诉我什么事。

"那我就说了，你可不要生气。我男人刚才让我探探你的心思，他想知道，你愿不愿和我一样找个人家。他的意思你明白吧？"

金子有些难为情地说出来。他们夫妇的意思，我当然立即就明白了，就是找个中国人结婚。

"久保，你生我的气啦？"

金子心里有些不安，试探着握住我的手，安慰着。

"我没生气啊，金子是我的救命恩人，无论你说什么我都不会生气的。何况我知道你是为我考虑。不过，我已经是许了亲的人了，我没告诉你吧，家里已经给我订婚了。"

我也不知道为什么忽然说出订婚的话，心里好像被一只大手狠狠揪了一下，格外疼痛。毕竟，从来都没有考虑过要和中国男人结婚的事，连这样想一想都觉得对不起吹春君。如果真的发生了那样的事，我的心里会留下一片永远抹不掉的阴影。

金子忽然面色忧伤起来，说：

"我知道你也不会马上同意。我也不是因为喜欢中国男人才和他结婚的，还不是为了活着。"

听了金子的话，我的心情也格外沉重。特别是她无意中说到的一句话——为了活着——让我感到心头受到重重一击，心酸的往事一一浮现在脑海。

和金子一样，为了活着，我在山里不知道走了多少个日日夜夜，被飞机轰炸，被雨淋，被狼群包围，被土匪打劫。就是想着能活着见到妈妈和姐姐，活着回到自己的祖国，想让祖国的人知道，日本侵略别国，给别的国家施加苦难的同时，自己的国民也受到多大的伤害。活着比死困难多了。

另一方面，我还担心的是，如果和当地的中国人结了婚，日后回到祖国，必定会遭到家人和国人的耻笑和厌弃。可是，离开这个家，我唯一的选择只有回到"开拓团"去，还要和那些冷漠的脱掉军装的日本男人们住在一起，万一还有个什么意外发生，怎么好意思再求助于金子一家。一晚上我思来想去，也没拿定主意。

这是两三天之后发生的事。那天傍晚，金子的男人从外边回来，身上背回来半口袋高粱，他进到里屋，不一会儿传出来金子和他吵架的声音。我一猜就知道，两口子吵架一定和那半口袋高粱有什么关系。住在人家家里吃白食的我，心里感到非常尴尬。一会儿金子抹着眼泪出来对我说：

"穷啊。我嫁到这家来的时候，家里什么都没有，就是觉得他待人亲切才跟了他。没想到他是一个这么贪婪的人，打别人的歪主意。"

我用安慰的口气对金子说：

"金子，现在说这些已经晚了……这个人难道不是你的恩人吗？他是不是贪婪我不知道，我只知道你已经是他的老婆了，总之要和他过日子的……"

"我过够了，我要离婚。年龄比我大十七岁啊，长得那么老相，和他在一起，别人还误以为是我爸爸呢。"

金子的丈夫站在我旁边，坐立不安的样子，不停地给我做手势，用手指一指我又指一指金子，意思很明显，那是请求我好好劝劝金子。我拉着金子的手，说：

"金子呀，你可不要忘记，我们是日本人啊，我们现在是在外国。有这个男人把你接回家，照顾你的病，又把你治好了，现在提出离婚，他们一定笑话我们不懂感恩，会轻视我们的。我知道你心里不好受，可是，这就是日本侵略对我们的报应。我们得认命啊。"

可能是想着说服金子，不觉间自己居然摆出一副高高在上的大架子，讲起大道理来，忽然感到自己失礼了。

"别哭了。你看，孩子们正看着你呢，不要吓着孩子们。"

金子的两个侄子坐在炕上，表情悲伤地望着哭泣的姑姑。懂事的小孝眼里含着泪水，强忍着不哭。

"你看，孩子也哭了。"

小孝用袖子擦了一把眼泪，转过头去，说：

"我没哭，我眼里进沙子啦。"

金子听了我的劝，不吵不闹了。夜里，到很晚我都没有困意，两口子吵架的事让我觉得很是闹心。猜也猜得出来，吵架的原因和粮食有关系，一家四口，日子本来就紧巴巴的，无端加上我一个外人，光吃饭不干活的病秧子。还是找一个中国人嫁了吧……这么一想，吹春的脸就忽然闪现在我眼前，就算没有婚约，我和他也是心心相印的恋人关系。一想到他，我就伤感起来。此时他在哪里呢？因为他是军人，日本无条件投降之后，军人的行动就不自由了，何况他还是一名将校。听到传闻说，一多半投降的军人都被当成俘虏押往西伯利亚，在冰天雪地里强制劳动。万一吹春也去了西伯利亚，他一定不能适应那样的重体力劳动，他还能活着回到日本吗？就算回到日本，他还愿意等待我吗？不会，他一定会娶一位善良的好姑娘，开始新的生活。

安东一别，也许就是永诀了。我一辈子也不会忘记吹春的，可是战争让我们相爱却不能相守。我以后再也见不到吹春了，可是眼前的日子我还要过下去。

第二天，我下定了决心似的找金子商量：

"我已经打算好啦，'开拓团'到底是回不去了，回去就是一个死，但是，我也不好意思一直在你家里白吃白住。那就麻烦你给我介绍一个中国人吧，我没什么条件。"

金子一听，马上高兴起来。

"别怪我自私，我是真心希望你能留下来，有你在我也就不寂寞了。这么草率地结婚不是我们的错，我们成了战争的牺牲品，假如没有战争，我们万不能有这样的人生。"

看到我神色忧伤的样子，金子继续说：

"别担心，我们一定给你找个好人家。其实我家男人已经给你挑好了一个。你还记得那天拉着雪橇去接你的那个男人吗？他心里对你好喜欢，多次求我们给你提亲，我怕你生气，一直没说。"

金子一说，我就想起那个人来，他三天两头来金子家玩耍，年龄有二十八九岁，中等身材，话不多，总是安静地坐在里屋炕头听我们聊天，因为男女有别，再加上我也不会说中国话，我和这个人连一句话都没说过。金子继续介绍说：

"那个人没什么学问，可是有能耐，啥农活儿都会干，人也老实。"

"那个人，他叫什么名字？"

金子用中国话说：

"殷长贵。"

"殷长贵？哎——真是一个奇怪的名字。"

我知道，和中国人结婚已经成了我最后的选择，也是唯一的选择。我深深地叹一口气，一个人走到屋外去。

"吹春君，对不起了。祖国日本，我已经回不去了。"

晚饭后，金子夫妇又来劝我和那个殷长贵结婚，并且金子还把一个秘密透露给我，那天她男人背回家的半袋高粱，就是殷长贵送来的谢礼，看来他是真的想和我结婚。

殷长贵父母早亡，家中兄弟五个，他排老二，只有大哥结婚了，生了两个孩子，这是一个八口人的大家庭。我虽然同意嫁了，但是还有些担心，自己既不懂中国话，也不会干家务，进了这家门能不能被人家接受呢。

旧历正月十五那一天，一辆马拉雪橇把我从金子家接走，接进了殷家的门，从此，我成了殷家的媳妇。

出嫁的日子，心里没有一丝喜悦，只有叹息和哀伤。一路上我心里五味杂陈，脑子里想的都是自己的家人和吹春。这就是我的人生吗？这就是我的命运吗？永别了日本，永别了亲人，永别了吹春君……

进了殷家门，这个家变成九口之家，哥嫂带着两个孩子，三个弟弟都还年龄小。虽说是大家庭，家里却空荡荡的让我感到非常寂寞。这家人一看就知道日子过得很穷，哥哥和弟弟们的棉衣棉裤都是补丁摞补丁，袖子口棉花都露出来，倒是我的这位男人因为经常外出应酬，穿戴还像样一点。一家人都不是那种爱说话的人，平时也很少看到谁的笑脸，但是他们心里都善良，对我格外亲切，遇到我听不懂的中国话，他们就一遍遍教我，说不明白也不着急。

父母留下的房子本来就不大，九口之家毕竟住起来不方便，结婚后一个多月，我们就搬到金子家附近，租住的房子有三个大房间，我们两口子单独住一间，感觉很宽敞。住在这里我也很高兴，心想总算有了属于自己的家啦。况且，还有金子和我做伴儿，就更加安心了。二月末的时候，"开拓团"的寺岗和居田等五个日本人也搬过来了，是我求金子的丈夫，给他们在这边介绍了一份农业的工作。我的想法是，周围居住的日本人多了，就会更有安全感。

我已经成了名副其实的中国媳妇了，和三个弟弟们相处得还算和谐，就是嫂子比较难伺候，丈夫不在家的时候就过来挑理，对我说这说那；我不反驳，弟弟们看不下去就和她争论，好几次差点闹到要分家单过的地步，家家有本难念的经，不久，我也习惯了。寺岗和渡边去了一趟"开拓团"，带来一个让我吃惊的消息。

"久保姑娘，我们总算等到可以回日本了。你不和我们一起走吗？"

"你虽然结婚了，可是还没有孩子，行动还算自由。我们是日本人，毕竟要回到自己的祖国去。"

他们两个这样劝我，我却犹豫起来。我想回日本，滞留在"满洲"的日本人谁不想回祖国啊。可是我已经嫁到殷家，殷家人对我那么好，当初把我当亲人一样收留，现在能回日本了，我岂能说走就走。人不能忘恩负义，世上哪有那么简单的事。我说：

"让我考虑一下再说吧。"

看到我的态度，渡边脸上露出很意外的表情。

"难道，你不打算回日本了吗？"

说完，他们好像很生气地回去了。我听出他的语气里有责问和蔑视，心里很后悔，也很难过。丈夫从屋里出来，问：

"为什么不招呼人家来屋里坐坐，多么失礼啊。他们有什么事吗？"

我也不想对他隐瞒什么，就如实回答说：

"现在，日本人可以回国了。他们是来通知我的。"

听我一说，他的脸色立即变了，呆呆的半天说不出话来。后来自己蹲在地上，竟然呜呜地哭起来：

"你要是想回去，就回去吧。"

看见他那个样子，我什么话也说不出来了。我知道，这个男人是打心里爱我的。他是个实在人，就是不爱说话，我说十句他也就说一两句，平时，在家里他和大哥弟弟们说话还不如我说得多。我相信，他刚才那句话，一定不是真心话。

"我回日本以后，你还能找个更好的媳妇。"

听到我这句半开玩笑的话，他当真了似的。

"你要是走啦，我也不想活了。"

他用一只粗拉拉的手在脸上抹一把眼泪，闷声闷气地回答我，样子可怜兮兮的。

"我骗你的，我不走了。留下来和你过一辈子。"

"我不信，你真的没撒谎吗？"

"我要是撒谎，就悄悄地和那两个日本人走了。"

这时候金子匆匆走来，她好像也得到了归国的消息。想问问我的打算。

"你是怎么想的？"

我把自己的决断告诉她，她听了高兴地笑起来。说：

"不瞒你说，我也是这么打算的。"

金子也是不忍心看到丈夫因为她的离开而伤心哭泣，于是决定留下来。冥冥之中我们都选择了相同的命运。今后我们姐妹两个就留在这里互帮互助吧，不由自主地两只手紧紧握在一起。

临回日本的前一天，渡边又来了一趟，他想最后一次确认一下我们的想法。我和金子都选择了留下。

临走时，渡边恶狠狠地甩下一句话：

"你们已经不是日本人了。"

这句话，让我们感到既害怕又委屈。

第二天一早，他们从勇跃村出发时，我和金子都没有去送行，因为我知道，他们已经不想再见到我们了。

知道我没有回日本，我的丈夫和弟弟们都非常开心。

从这一天开始，祖国日本在我心里，已经变成了一个永远也走不到的地方。

10　一九七四年　日本

　　自从下定决心留在中国，我在这里一住就是三十多年。我有了三个儿子，三个女儿，为了维持一家八口人的生计，我和丈夫努力劳动，都吃了不少苦。

　　无论家里的日子多么艰苦，我都坚持让孩子们好好上学，接受教育。在子女上学的问题上，丈夫和我的观点不一样，甚至还多次争吵过，最终都是丈夫服从了我的意见。

　　村里的乡亲们非常朴素，对我很是亲切，从来不因为我是日本人就对我报以冷眼。反倒是我心里一直觉得自己是外人，刻意和他们保持一些距离。

　　直到"文化大革命"开始，因为我的所谓"海外关系"，让家人受到牵连。最让我不能接受的是，我的孩子们在学校里的成绩数一数二，却没有资格考大学，也被拒绝加入共青团。

　　"妈妈是外国人，是日本国籍，所以政府就说我们这也不行那也不行，连考大学的机会也不给。为什么我们那么倒霉呢。"

　　听到上中学的女儿对我这样抱怨的时候，我不知该怎么回答，只有垂头叹息。

直到有一天，我家的状况因为我的身份发生了一些难以预料的变化。那天，邻居来告诉我说：

"昨天，住咱们这一带的人，有七八个人被大队的治安部叫去问话了，问的都是和你有关的事。"

听后我心里咯噔一下。我什么坏事也没做过呀，一向老实巴交的丈夫知道后，吓得脸色都变了。

又过了两三天，大队治安部的人到我家里来了，那个人我认识，他姓于，村里人给他起了一个外号叫"鱼儿"，中国话里鱼和于这两个字发音一样。我调侃地问他：

"鱼儿，你来我家干什么？"

"叫我外号，留心我揍你啊。"

我继续和他调侃道：

"大老爷们打女人算什么本事啊。"

鱼儿口气变得郑重起来，说：

"今天找你有正经事。"

我心里已经做好了准备，说：

"知道你无事不登三宝殿，什么事，直说吧。"

"嫂子，日本那边又来信了吗？"

"是的。"

"写的啥内容？"

"就是普通的信件，一点没有涉及政治问题。寄给我的信件，不都是先让你们检查完再送到我这里吗？"

鱼儿见我有点生气的样子，就堆起笑脸说：

"你说的都是实话，我知道。可是咱就是负责治安的，例行公事这么问问罢了，别多心啊。"

回到日本的妈妈和姐姐们，已经打听到我在中国的下落，和我一直在通信联系，在村里，这早就是公开的秘密了。送走鱼儿，我心里一直犯嘀咕，担心会不会因为我的海外关系，又给孩子们添什么麻烦。

记得有一回，家里遇到难事儿的时候，我给住在名古屋的姐姐写过一封求援信，姐姐给我汇过一笔钱，五万日元，折合人民币三百三十块，让村里人很是羡慕。还有一回，我生过一场病，住在东京和神户的姐姐们给我邮过来一个包裹，里边是日本的药品。难道是这两件事被当地政府误解了？

可是，现在"四人帮"已经被打倒了，政治已经不那么吓唬人了，我们家的情况也逐渐开始好转，政府每年给我三百元（当时，这笔数目相当于一个工人一年的收入）的生活补助金，家境得到了不小的改善。

我当老师的时候，每月工资七十块，比别的老师拿得多（一般老师的工资是五六十块），领导说这是政府给我的特殊照顾。我辞职以后，孩子的学费算减免。现在，县公安局和民政局一直很关心我们一家的生活，我心里非常感激。

生活的变化，让我很知足，最让我感到高兴的是，我知道母亲和姐姐们都安全地回到了日本，现在身体健康，生活安定。家里最疼爱我的大哥，仅仅五十二岁时就病逝了。听姐姐们说，大哥为了找我，专门到五常县来过，可是，我这里是离五常还有四十多公里的穷乡僻壤。他找遍了五常县也没有找到我，最后非常遗憾地离开了。

一九七二年，对我来说，最关心的大事就是中日邦交正常化，我知道，我终于可以回日本了。

中日建交签约那一天，县公安局召集我们全体居住在五常县的日本人去开会。到场的日本人有六十多人，大家一见如故，互相握手寒暄，而且一起唱起久违的日本歌曲。

会议的主题是庆贺中日邦交，主持会议的领导还欣喜地告诉大家，只要愿意，随时可以申请回日本，去寻找失散多年的亲人。多年埋在心头的愿望，终于可以实现了，大家激动地热烈鼓掌。

"可是，回到祖国，也许就笑不出来了，因为我们已经嫁给中国人了。"也有人心里怀着这样的不安。

我也是这样认为的。因为参加会议，第一次了解到，有那么多日本女人嫁给中国人留在了中国，她们和我有着相同的命运。认识她们，我内心变得坚强起来，但是心头的顾虑还是难以打消。

"很想回去，回去以后还能笑得出来吗？"

听到我的担忧，有人显得很自信地说：

"想笑就笑，怕什么。归国时间最多就半年，觉得不合心意，早早就回家吧。"

反正自己的家早就安在中国了。大家都觉得那个人的话有道理，心里一下子释然了。从县城一回到家，我就和丈夫商量说：

"我想回日本。"

并且立即拿出纸笔，给妈妈和姐姐们写信告知。

在日本的户籍上，我的身份是"死亡"。我的五姐和五姐夫两人为了恢复我的户口，多次到区政府申请，替我办理了复杂的认证手续，总算让我在日本"死而复生"，允许我归国了。

听说我要回日本探亲，街坊四邻都来道贺。家里的兄弟们却有些不安：

"嫂子去日本是件好事情，但是，你可一定要回来啊。嫂子要是不回来，孩子们多可怜，这一大家子也就散了。"

一向不善言辞的丈夫虽然没说什么，可是脸上的表情一看就明白。

"没孩子的时候我就已经选择留在中国，现在，有六个孩子在家里，我岂能待在日本不回来？"

我向家里人做了坚决回来的承诺，他们才都放心了。忽然想到我的共患难的好姐妹金子，大约十年前她死于难产，如果她现在还活着，听到可以归国探亲的消息，该多么高兴啊。人的一生，真是难以预料，生死无常，还有我丈夫的哥嫂两人，也早早病死了，当时留下一个八岁的孩子，一直由我们家抚养长大。

中日邦交正常化两年后，一九七四年八月中旬的一天，五常县公安局突然来通知，说第二天有车来接我，让我做好去日本的准备。听到这个盼望已久的消息，感觉像做梦一般，尽管只是离开半年，但对于我生活了小半辈子的村落，心里还是依依不舍。

丈夫帮我收拾行李的时候，冷不丁冒出一句话：

"要是中国和苏联打起仗来，恐怕你就回不来了。"

真是能惦记啊，他担心我不回来竟然连中苏关系的事都考虑到了。行李快要收拾好了的时候，也没人通知，村里的人都来为我送行了，屋子里和院子里挤得满满的。有人送来一包煮熟的鸡蛋，说：

"拿着，路上饿了吃吧。"

也有人把钱塞到我手里，说：

"一点心意，别嫌少啊。"

除了村里的人，公社的干部也来送行了，说了许多鼓励的话。我的离开，没想到在村里折腾出那么大的动静，心里又激动又感激。

中午的时候，公安局的车来了。接上我和几个孩子一直开到五常县城里。在城里住了三天，我和孩子们分开，坐上开往哈尔滨的火车。

后来，孩子们告诉我，他们私下里猜测，我到了日本见到久别的亲人，十有八九就再也不回来了。所以，在五常火车站送别的时候，孩子们眼泪汪汪地说：

"妈，您一定不要忘了我们。"

"妈，您早点回来啊。"

看见孩子们那么伤心，我也忍不住哭起来了。

我们一行人到了哈尔滨，马上被安排住进招待所，一住又是三天，这期间有人陪同我们又是参观工厂又是逛动物园。三天后，我们坐卧铺列车前往北京。为了不让孩子们担心，一到哈尔滨我就立即给家里写了一封信。

八月二十二日，早上，尽管是夏天，北京的天气却有些凉。我们坐一辆大巴车前往首都国际机场，因为都是第一次坐飞机，大家心里特别紧张。

直到飞机离开地面，大家才松了一口气。机舱内一片欢声，我们仿佛变成一群中学生去参加休学旅行。

"坐飞机和坐公共汽车也差不多啊。"

"和汽车比起来，飞机一点也不颠，还是飞机舒服啊。"

"这辈子能坐一回飞机，就是死也值了。"

"说什么呀，还没到日本呢，要死你一个人死好啦，我们不和你做伴儿。"

大约飞了两个半小时，就已经到达日本了。飞机靠近成田机场，从窗子望出去，稀疏的云朵下面是郁郁青山和星罗棋布的城市。

"这就是日本啊。"

"我们的故乡呀。"

大家激动地哭起来了。我的眼睛里也沁满泪水，泪水挡住眼睛，连窗外的风景都看不清了。我不停地掏出手绢擦眼泪。

我十五岁随家人去了"满洲"，从此背井离乡。今天，时隔三十六年，我又重新回到祖国。飞机开始下降的时候，我的心中又漾起一阵不安。如果出了海关，没有人来接机那该怎么办呢？大家都不说话，但是心情应该是一样的。

机场的出口，人山人海。很多报社记者不停地给我们拍照。在机场接待室里，工作人员把写有地名和番号的丝带挂在我们身上，然后又把我们领到另外一个接待室，被通知来接机的人们正在这里等候着。我瞪大眼睛四处寻找我的既陌生又熟悉的家人。

突然，一个身材高大的青年男子一把抓住我的胳膊，大声喊道：

"英子？英子？"

第一个看到的是我的二姐和她的儿子。二姐旁边站着一个五十多岁戴着眼镜的女子，仔细辨认一下，我说：

"你是四姐北村吧？"

四姐点点头，哇的一声哭起来了。

三十多年过去，我差不多已经不会说日语了，一着急就更加支支吾吾的，一时不知道该说什么。其实就算什么也不说，家人们也非常理解我的心情。

离开机场，我去了东京的四姐家。在四姐家住了两个晚上。第三天一早，我起来打算洗衣服，四姐夫对我说：

"英子，你还不知道吧，现在人们都用上洗衣机了，没人用手洗衣服了。"

我看着衣服在洗衣机里呼啦呼啦地转动，惊讶地如同传说中的浦岛太郎，时隔百年从龙宫回到人间一样。走在东京的大街上，看到地铁、汽车、高楼、霓虹灯，不论看到什么我都惊讶不已，深深感叹日本经济的飞速发展。

我的妈妈住在北海道，去妈妈那里之前，我先到名古屋的二姐家，然后又去了神户的五姐家，最后才去北海道，打算多陪妈妈住些日子。

在日本，一直受到家人的热情款待，这些年的辛苦得到了慰劳。自从和家里人开始通信，他们都知道了我在中国的窘迫，时常给我寄钱来贴补生活，这次来日本探亲的一切花销也是他们给的。对这些亲情我不知怎么用语言表达谢意，心中除了感恩还有歉意。

在神户的五姐家，五姐夫拉着我的手，看到手上的老茧，哭起来了。

"英子能回来比什么都好。这些年你受了多大的苦，看看你的手就知道。"

一想起往事，我也忍不住流眼泪。

离开神户，我坐船到了北海道的钏路。钏路是我真正的故乡了，我的妈妈和三姐还有弟弟都住在这座城市里。妈妈的家是一座两层小楼，位于一处安静的住宅小区。三姐把我接到家的时候，妈妈一个人在家留守。三姐一进门，就对妈妈大声说：

"妈妈，你的英子回来了。"

妈妈拉住我的手，上上下下一遍又一遍看我。

"是真的呀，英子回来了。英子也这样一把年纪了。"

母女俩抱头痛哭。自从在战乱中别离，整整二十九年了，现在，已经年过半百的我才见到妈妈。如今的妈妈也是满头白发，腰也驼得厉害，耳朵也聋了，不大声说话她就听不见。仔细算来，妈妈已经是八十九岁的高龄了。老是老了，但是腿脚还结实，看起来挺有精神。听见我在她耳边说话，她高兴地夸奖我：

"真好啊，这么多年了，英子还没有忘记日本话。"

妈妈和弟弟小昭一家住在一起，弟弟家的孩子多，每天热热闹闹的，所以，妈妈也不感到寂寞。我记忆中的弟弟小昭依然还是个中学生的模样，可是眼前的他已经是四十七岁的中年人了。听妈妈讲，得知我要来日本的消息后，弟弟又是去市政府替我办理各种手续，又是给住在日本各地的姐姐们写信，心里特别高兴，一直盼着我来。弟弟对我说：

"英子姐，我这里是久保家族的正支，你来日本哪儿也不要去，就在咱家放心住下。"

弟弟的话让我心里感到热乎乎的。来北海道之前，记得还是在名古屋的时候，二姐曾告诉我说：

"日本的经济近年不景气，小昭家人口多，日子过得不宽裕，如果你觉得他们慢待你了，再回名古屋来。"

二姐的心情我理解，但是二姐夫已经去世，她和孩子一家同住，我也不想给外甥家添麻烦。听了弟弟的这番话，我暂时可以放心住下，多陪一陪妈妈了。

过了几天，市政府的人员来家里慰问，问我：

"生活上有什么困难吗？"

我很客气地说：

"没有困难。"

他们留下一万日元的慰问金就走了。

陪在妈妈身边，我感觉到自己的日语水平渐渐提高，说话比刚来时流畅多了，对日本的生活也开始习惯了。或许是我在中国的乡下住久了，思想里适应了中国人的风俗，我一直觉得弟弟家才是我的娘家，姐姐们既然已经出嫁，离开久保家就是外人了。姐妹们一别三十年，都有了各自的归宿。

我的归宿，毕竟还是中国，是黑龙江，是五常县的乡下。

到了十二月中旬，我开始要准备回家了。我对弟弟说：

"我想办理一下回中国的手续，抽时间陪我去一趟市政府吧。"

"英子姐是不是嫌我照顾不周？留在这里有什么不好吗？"

弟弟有些不高兴，挽留我说：

"回到中国，你的苦日子还没过够吗？"

其实我也想留在日本，我也从心里舍不得离开妈妈，可是，在中国，我还有六个懂事儿的孩子，还有一个陪伴我度过大半辈子的丈夫。我不回去，他们一定非常伤心。

妈妈理解我的心情，她叹了一口气，说：

"是啊，孩子们都在等着你呢，他们怎么舍得离开妈妈啊。英子，还是回去吧。"

我说：

"再过两三年，我还来日本看您，妈妈您可要好好活着等我回来啊。"

妈妈从枕边的小匣子里，拿出两万日元塞到我手里，说这是她特意为我存的私房钱，用它给家里的孩子们买点好吃的。可是，我怎么舍得要这份钱。我推脱说：

"妈妈，这钱您还是自己留着花吧。孩子们都大了，也用不着钱。"

妈妈一再把钱往我手里塞，说：

"妈妈身上还有钱，是留着死了办丧事用。这些钱一定要捎给孩子们，我恐怕到死也见不着他们了，就算是当姥姥的一点心意吧。"

见我执意不收这钱，妈妈生气了，训斥我道：

"小英子，都这么大岁数了，你怎么还没改过来你的倔强脾气啊。"

不久，市政府的人给我办理好了回中国的手续，弟弟也给我买好了离开钏路的船票。

妈妈和三姐到码头送我。快要登船了，妈妈拉着我的手，问：

"英子，冷吗？"

我笑笑，说：

"跟中国的东北比起来，这点冷根本不算什么。"

还好，临别时妈妈没有哭，我不想再让已经是风烛残年的老人为我流泪了。我也努力让自己忍着不哭。

上船后，我把行李放下，急忙走到客舱的走廊上，隔着一扇玻璃窗，远远地看到姐姐搀扶着妈妈往回走，我一直看着妈妈佝偻的背影慢慢地消失在远处的街角。

汽笛发出闷闷的"呜——"的一声长鸣，船离开了码头，我的眼泪夺眶而出。

在东京住了数日，然后去了名古屋，最后到了神户，我计划在神户住到旧历的春节前回中国。神户的五姐和我年龄相近，说话也投机，两个人一聊起来就没个完。五姐夫也是一个好脾气的人，待人特别热心。

五姐每天早上带我去街上买东西，中午回到家里看电视、聊天、做午饭，日子一点儿也不寂寞。晚上，五姐夫下班回来，三个人就一起聊天；一到星期天他就带我去逛神户的名胜古迹。

在神户的五姐家里，我度过了久违的日本新年，全家聚在一起吃了难忘的年夜饭。快乐的时间总是过得飞快，转眼就到了我要回中国的日子。姐姐们给我准备了好多礼物，行李箱都塞得满满的。

"过几年再来啊。"

"我们也找机会去中国玩，一定还会见面的。"

五姐夫妇一直送我到大阪的关西国际机场。

我乘上一架波音飞机，飞往北京。前前后后六个月的日本之行，好像做梦一样。

11　在中国的土地上

出来海关，在北京又住了两三天，我在过旧历年的前几天才回到五常的家里。

所谓归心似箭，想早一点见到家人，早一点把带来的礼物分给孩子们，和他们说说日本的见闻。

公社的干部们来到家里，询问我在日本被招待的情况，让我感到吃惊的是，当他们听说我仅仅得到一万日元慰问金的时候，都替我感到遗憾。

"慰问金是理所当然的，可是生活费呢？"

"生活费？"

我一头雾水，不明白什么意思。一问才知道，两国政府之间已经达成了协议，我们这些归国探亲的人，在日本期间的生活费全部由日本政府支付。这次一起去日本回来的人告诉我说：

"不光是给出生活费，连在医院看病的钱政府也给报销呢。"

"我回来的时候，政府给了二十万日元。"

除了我，所有人都从日本政府那里拿到了生活费，并且回中国时还得到了二十万日元的补助。我没有得到那样的好处，仿佛做了一件什么错事。好在家里人都不生气，见我回来非常高兴，街坊四邻也都跑来说话，问这问那的，到很晚了还不舍得走。

"大家都以为你不会回来了，这半年多，我们可真是想你啊。"

听了街坊们的话，我心里很高兴，觉得还是中国好，日子虽然清苦，可是这里有着浓浓的人情味。几十年来，乡里乡亲们已经不再把我当成一个外国人了，六个孩子和殷家的兄弟们都离不开我。

从日本回来，就像做了一个长长的梦，脑子不时一片茫然，适应中国的现实需要一些时间。与其说是做梦，不如说是多次梦到了日本，而且我还梦到了吹春，醒来的时候，非常后悔为什么那么早就睁开眼。几十年过去了，我从未跟他联系过，在日本期间，因为在心里还惦记着他，多次想过要给福冈县厅写信打探一下吹春的消息，可是一想到自己的处境，觉得还是不见面为好，省得给人家添麻烦。结果是，怀着一丝莫名的牵挂我又回到中国。

从日本回来，又过了两三年，家里的孩子们向我提出想去日本，到姥姥家或者舅舅和姨妈那里生活，我试着写过几封信联系，非常遗憾的是，因为各种原因，至今也没有满足孩子们的愿望。

四年前，接到妈妈病危的消息，我想再去一次日本，去为妈妈最后一次尽孝，可是，家里筹不到去日本的旅费，最终还是放弃了这个最后看一眼妈妈的机会。

前年，邻村的老赵去了日本回来，把日本夸得像天堂一样，惹得孩子们天天给我闹着要去日本。我就耐心地劝孩子们，说急不得，现在还不是去日本的时候。

想要去日本的不仅仅是我家的孩子们，滞留在中国的日本人已经陆陆续续回到日本去了。当然，像我一样为了孩子不离开中国的日本人也不少。也有人虽然想回日本，可是日本国内的亲戚们极力反对，不得已还是留下了。

成为中国人的妻子留在中国的所谓"残留妻"们，当真回到日本，未必不会受到来自同胞的讥讽和冷遇。我们上次回国也并不是处处都受到欢迎，对我们冷眼相看的人也不是没遇到过。为了活下去，选择留在中国的日本女人，她们的生活有多么艰难，她们的内心有多少辛酸。我写下了这一本书，初衷就是，让那些对我们的抉择抱有偏见和误解的同胞们，了解一下我们和我们经历的那个乱世。

我祈祷这世界再也不要发生战争，我祈祷中日永远友好和平，谁都不要成为战争的牺牲品。带着这些愿望，我在每天工作之余，默默地写下以上的文字。

后　记

尽管日本是世界长寿之国，九十一岁的我，也已算是货真价实的老年人，用中国人的话来说，已经到了风烛残年——一阵风刮过，烛火就灭了。

一辈子很短，但是一辈子也很长……

越到了人生的晚境，往事偏会越加清晰地浮现在记忆里，它们仿佛出了一趟远门，都认得路，又一一找回来。就算是早已经死去的人和我说话，我也并不害怕。现在，我害怕的是——寂寞。

《逃亡》翻译本终于要在中国出版了，对译者、编者和出版社，还有在书店里无意间翻阅了这本书的读者们，我的心里满怀着一片感激之情。

我是一个平凡的日本人，一生默默无闻。我的大半辈子生活在中国的东北，差一点就忘记了自己的母语，回到日本后，也很长时间都不能适应这里的社会。

我知道，是那一场战争改变了我和许多人的命运。

　　世界，对我来说越来越陌生了。像我一样亲历过战争的人越来越少，我知道，任谁迟早都会离开。

　　永远不要再鼓吹战争了，永远不要让人类自相残杀。只有目睹了战争的残酷，才会珍惜太平岁月的来之不易。哪怕明天我就离开这个世界了，我也要为和平祈祷，为日本和中国祈祷。

　　再一次感谢大家。

久保英子